CLÁSICOS ILUSTRADOS DE NIÑOS

TOM SAWYER • LA ISLA DEL TESORO
ROBINSON CRUSOE
20,000 LEGUAS DE VIAJE SUBMARINO

Adaptación de Ronne Randall y Saviour Pirotta

QEB Publishing

Contenido

CLÁSICOS ILUSTRADOS DE NIÑOS

Publicado en los Estados Unidos por
QEB Publishing, Inc.
3 Wrigley, Suite A
Irvine, CA 92618

www.qed-publishing.co.uk

Información disponible sobre el registro CIP de la Biblioteca del Congreso.

ISBN 978 1 60992 670 0

Impreso en China

TOM SAWYER

—Tom Sawyer, ¿dónde te crees que vas?

—A nadar al río, tía Polly.

Tía Polly bloqueó la puerta. Tenía una brocha en la mano.

—Te dije que, como te peleaste el jueves, tenías que trabajar el sábado.

Tom gruñó. Tía Polly era muy buena con él y con su hermano. Ella tenía una hija, Mary, pero los había acogido a los dos cuando murió la mamá de Tom, aunque a veces era demasiado dura con ellos.

—Tienes que pintar toda la valla con cal, Tom —dijo—. Los diez metros.

Tía Polly llevó a Tom afuera donde le esperaba un cubo de cal cerca de la valla.

—Empieza a pintar, Tom —le advirtió— y no vuelvas hasta que esté completamente encalada.

Tom empezó a pintar y se preguntó cómo iba a terminar ese trabajo sin que se le cayeran los brazos.

Hacía muy buen día. Tom sabía que todos los niños de San Petersburgo estarían en el río.

Su amigo Ben Rogers llegó corriendo por la calle. Estaba comiendo una manzana.

—Oye, Tom, parece que hoy no vas a venir a nadar. Supongo que tienes trabajo, ¿no?

—Esto no es un trabajo —dijo Tom—. Los trabajos son las cosas que no quieres hacer pero las tienes que hacer.

—¿Y tú quieres pintar esa valla? —preguntó Ben.

—¿Es que le dejan a un niño encalar una valla todos los días? —dijo Tom pintando con entusiasmo la valla.

—Supongo que no —contestó Ben—. Oye, Tom, ¿me dejas encalar un poco?

—No puedo —dijo Tom—. Tía Polly es muy especial con su valla. Tiene que estar muy bien pintada.

—A cambio te doy el corazón de mi manzana —prometió Ben.

—No.

—Te doy toda la manzana.

Tom le pasó el pincel, haciendo como si le preocupara dejar que Ben encalara la valla, aunque por dentro estaba sonriendo como un gato. Había encontrado la manera de no trabajar.

Ben empezó a encalar. Tom se sentó a la sombra para comer la manzana. Muy pronto llegaron otros amigos. Todos querían encalar la valla y Tom les dejó hacerlo si le daban algo a cambio. Cuando se terminó la cal, Tom había conseguido una gran colección de juguetes y fruta. ¡Y la valla tenía tres manos de cal!

Tom sonrió para sus adentros. Había aprendido una lección muy valiosa esa mañana. Si quieres que alguien quiera hacer algo, tienes que ponérselo difícil.

Tía Polly salió y cuando vio el trabajo terminado, casi se desmalla de la sorpresa.

—Tom, nunca lo hubiera imaginado —exclamó—. Creo que te mereces un helado.

Una niña difícil de conseguir

Había un montón de muebles delante de la casa del juez Thatcher. Alguien se iba a mudar a su casa, alguien que había vivido durante un año en la casa de al lado de tía Polly. Tom pasó por ahí y se detuvo.

La recién llegada estaba en el jardín. Debía ser de la misma edad que Tom. Tenía unas coletas amarillas y un vestido veraniego. ¡Era linda como un ángel! Tom empezó a dar volteretas en la calle para llamar su atención. La chica lo ignoró y recogió unas flores. Por la tarde, ya habían metido todas las cosas en la casa. La niña entró en la casa y antes de desaparecer, arrojó un pensamiento por encima de la valla.

Tom agarró la flor. Tenía que hablar con aquella chica, decirle lo mucho que quería estar con ella.

Esa noche, cuando tía Polly se fue a la cama, Tom se escapó de la casa y saltó la valla de la casa del juez Thatcher. En una de las ventanas del piso de arriba había luz. A través de las cortinas vio la silueta de la niña moviéndose. Esperó que se asomara a la ventana para poder hablar con ella, pero apagó la luz. Tom se puso muy triste. Si no podía pasar el resto de su vida con ella, no quería seguir viviendo.

De pronto, se abrió una ventana en el piso de arriba. Un momento más tarde, Tom estaba completamente empapado.

—Vete, granuja —dijo una persona mayor— o la próxima vez te vacío encima el orinal.

Tom se puso de pie de un salto y saltó de nuevo la valla. Esa chica era difícil de conseguir.

El lunes por la mañana, Tom llegó tarde a la escuela.

—Sr. Sawyer —retronó el maestro—. ¿Qué horas son estas?

—Lo siento, señor —contestó Tom—. Me encontré con Huckleberry Finn.

Todos soltaron un grito de sorpresa. Huckleberry Finn era un vagabundo que nunca iba a la escuela ni a la iglesia. Todos los niños tenían prohibido hablar con él.

—Quítate el abrigo —ordenó el maestro. Cuando Tom lo hizo, el maestro le pegó con una vara por llegar tarde y por hablar con Huckleberry Finn.

—Siéntate con las niñas —dijo cuando terminó.

Solo había un asiento libre entre las niñas. Era una silla que estaba justo al lado de la chica nueva. Tom no podía creer su suerte. —Te vi en la casa del juez Thatcher —susurró—. ¿Eres de su familia?

—Es mi papá. Mi mamá y yo vivimos con mi tía hasta que terminaron la casa nueva.

—¿Cómo te llamas? —preguntó Tom.

—Becky. ¿Y tú?

—Tom Sawyer.

Cuando el maestro estaba de espaldas, Tom puso un durazno en el pupitre de Becky.

—Por favor, quédatelo —escribió en su tablilla—. Tengo muchos más.

Después borró el mensaje y empezó a dibujar.

—¿Qué dibujas, Tom? Déjame verlo.

Becky le apartó el brazo. —Es una casa. Dibujas muy bien, Tom. ¿Me puedes dibujar a mí?

Tom lo hizo y después escribió algo.

—¿Qué escribes, Tom? —Becky le quitó la mano con delicadeza. Decía TE QUIERO—. Tom, no está bien escribir eso —dijo Becky, pero sonreía y Tom sabía que le había gustado.

Sonó la campana del almuerzo. —Siéntate conmigo en el patio. Te enseñaré a dibujar —dijo Tom.

—Muy bien —dijo Becky. Los dos dibujaron en la pared.

—Dime que me quieres —dijo Tom— y así estaremos comprometidos.

—Muy bien. Te quiero, Tom —susurró Becky.

—Te quiero —contestó Tom.

—Me gusta estar comprometida —suspiró Becky—. ¿Caminaremos juntos a la escuela todos los días?

—Por supuesto —dijo Tom—. Cuando estaba comprometido con Amy Lawrence…

Tom se dio cuenta de que había cometido un grave error. A Becky se le llenaron los ojos de lágrimas.

—¡Ya estuviste comprometido antes!

—Tú eres la única que me importa, Becky —dijo Tom. Buscó en su bolsillo su objeto favorito: un pomo grande de latón—. Toma, Becky.

Becky le dio un manotazo en la mano y su tesoro cayó rodando al suelo. Tom lo miró enojado y se fue corriendo.

—Tom, vuelve —llamó Becky. Pero Tom ya estaba en la carretera.

Asesinato en el cementerio

—Hola, Tom —dijo Huckleberry Finn—. ¿Te escapaste de la escuela?

—No pienso volver nunca más —contestó Tom cuando se encontró con Huckleberry Finn en la colina de Collier—. ¿Por qué tienes un gato muerto, Huck?

—Para quitarme una verruga de la mano —dijo Huck—. ¿No sabías que los gatos muertos sirven para quitar verrugas? Te tienes que subir en la tumba de alguien malo con el gato en la mano izquierda. Cuando salen los demonios a medianoche para llevarse a esa persona al infierno, les lanzas el gato y la verruga se va.

—Oye, Huck —dijo Tom—. ¿Me dejas ir contigo cuando lances al gato?

—Claro —dijo Huck—. Pensaba hacerlo esta noche. Ayer enterraron al viejo Hoss Williams y seguro que era un hombre malo.

Esa noche, se reunieron en el cementerio. La luna estaba casi llena, pero el lugar era muy siniestro. Tom y Huck se escondieron bajo un olmo para esperar a los demonios. Estaban asustados y nerviosos.

Pronto oyeron el sonido de unas pisadas. A través de un arbusto vieron un brillo rojo que flotaba entre las tumbas.

—Ya vienen los demonios —tembló Tom.

—No seas tonto —susurró Huck—. Es una linterna y la lleva Muff Potter. Los que están con él son Joe el Indio y el Dr. Robinson. No me fío de Joe el Indio y ¿por qué los acompaña un doctor?

Los tres hombres se detuvieron cerca de la tumba de Hoss Williams. Llevaban palas y una carretilla. Joe el Indio y Muff empezaron a cavar.

—Rápido —susurró el Dr. Robinson—. No queremos que nos pillen robando cadáveres.

Los otros dos siguieron cavando hasta que sus palas chocaron contra algo duro. Joe el Indio se metió dentro de la tumba de un salto, y Tom y Huck vieron cómo lanzaba la tapa del ataúd por los aires.

—Tiene un color verde intenso —se rió Muff mirando dentro de la tumba.

—Deja de hablar —ordenó el doctor— y súbelo.

Joe el Indio salió de la tumba.

—No si no nos das cinco verdes más.

—Ya les pagué lo que acordamos —dijo el Dr. Robinson. Levantó los puños para golpear a Joe el Indio.

—Oye —dijo Muff saliendo de la tumba con un cuchillo—. Deja a Joe el Indio en paz.

El Dr. Robinson se giró para enfrentarse a Muff. Se pelearon al borde de la tumba. Muff se tropezó y se cayó, dándose un golpe en la cabeza con la lápida. El cuchillo cayó al suelo haciendo ruido y Muff perdió el conocimiento.

Joe el Indio agarró el cuchillo.

—¿Te acuerdas de la noche que me echaste de la cocina de tu padre, doctor? —espetó al Dr. Robinson—. Dijiste que estaba robando tu casa, pero yo solo quería un poco de pan. Juré que algún día me vengaría.

La clavó el cuchillo de Muff al doctor en el pecho. Justo en ese momento, las nubes cubrieron la luna. Tom y Huck corrieron para ponerse a salvo.

No vieron a Joe el Indio poner el cuchillo en la mano de Muff. Cuando Muff recobró el conocimiento, tampoco oyeron a Joe el Indio decir: —Muff, has matado al doctor.

—Esto no se lo podemos contar a nadie —dijo Huck cuando llegaron a un edificio en ruinas a las afueras del pueblo—. Si Joe el Indio descubre que lo vimos, nos perseguirá. Tenemos que jurar con sangre que nunca se lo diremos a nadie.

—¿A nadie? —preguntó Tom.

—A nadie mientras sigamos vivos —dijo Huck.

Encontró un trozo de pizarra y Tom escribió con tiza.

HUCK FINN Y TOM SAWYER JURAN QUE NUNCA DIRÁN NADA DE ESTO Y SI LO HACEN MORIRÁN INSTANTÁNEAMENTE Y SE PUDRIRÁN.

Después los dos se pincharon el dedo con un alfiler que tenía Tom en el bolsillo y firmaron con sangre. Huck enterró la pizarra entre los escombros para sellar el juramento.

Cuando Tom volvió a trepar por la ventana de su habitación, ya era casi de día. Sid estaba dormido. Tom vio un pequeño paquete encima de su cama y casi se le para el corazón. Becky le había lanzado el picaporte por la ventana abierta.

Escapados

A la mañana siguiente arrestaron a Muff. Un sepulturero había descubierto el cuerpo del Dr. Robinson y el cuchillo de Muff manchado de sangre.

—Huck —dijo Tom cuando lo vio después de la escuela—. Joe el Indio mintió. Juró que había visto a Muff cometer el crimen. Puede que cuelguen a Muff por un crimen que cometió Joe y que Joe quede en libertad.

—Sí, pero si hablamos nos matará —dijo Huck—. Corremos un grave peligro. No podemos romper nuestro juramento.

Tom pensaba que lo único que podían hacer era huir donde no los pudiera encontrar Joe el Indio ni Becky.

A la mañana siguiente Tom no fue a la escuela. Salió a explorar el ancho mundo. No había llegado muy lejos cuando se empezó a sentir muy solo y perdido.

—Hola, Tom —dijo otro niño que iba por el camino con un saco grande colgado al hombro.

—Hola, Joe Harper. Qué bueno verte.

—Me he escapado —dijo Joe.

—Yo también —dijo Tom—. Nadie me quiere.

—Vamos a escaparnos juntos —sugirió Joe.

Decidieron acampar en la isla de Jackson en medio del río Misisipí. Allí no vivía nadie y había muchos árboles. Nadie los encontraría.

—Le voy a decir a Huck que venga —dijo Tom.

Encontraron a Huck nadando en su sitio habitual y aceptó con gusto unirse a ellos. Huck tenía una balsa que podían usar para cruzar el río hasta la isla.

Piratas en el río

Cuando llegaron a la isla, hicieron una hoguera para entrar en calor.

—Podríamos ser ermitaños y vivir de pan duro hasta que muramos de frío —dijo Joe.

—Creo que deberíamos ser piratas de río —dijo Tom.

—¿Qué hacen los piratas? —preguntó Huck.

—Asaltan barcos y roban tesoros —contestó Tom— y los entierran en sitios embrujados para que los vigilen los fantasmas.

Sonaba muy divertido, pero una vez que se hizo de noche y terminaron toda la comida que habían llevado, Tom empezó a echar de menos su cama mullida.

Por la mañana seguía extrañando su casa, pero menos. Los chicos pescaron para desayunar y treparon árboles.

Por la tarde, oyeron un ruido extraño que venía de la otra orilla del río.

—Suena como un trueno —declaró Tom.

—No puede ser un trueno —dijo Huck—. El cielo está azul.

Corrieron a la orilla y se asomaron entre unos arbustos.

—¡Mira! —dijo Joe—. Es un transbordador.

El transbordador navegaba lentamente en la corriente. La cubierta estaba llena de gente. También había muchos botes de remos en el agua.

Entonces oyeron un ruido muy fuerte y vieron un chorro de agua que se elevaba en el aire.

—Están buscando a alguien que se ha ahogado —dijo Huck—. Vi que hacían lo mismo cuando Bill Turner se cayó al río.

—¿Cómo van a encontrar a una persona ahogada a base de cañonazos? —preguntó Joe.

—La bala del cañón por lo visto hace que el cuerpo del ahogado salga a la superficie —contestó Huck.

—Me pregunto quién se habrá ahogado —dijo Tom.

—¿Es que no lo sabes? —se rió Huck—. ¡Nosotros!

—¿Crees que nos están buscando? ¿Tan pronto? —exclamó Tom. Eso le hizo sentirse mejor. ¡Estaban preocupados por ellos!

Sus dos amigos no pensaban lo mismo. Así que esa noche, cuando se durmieron, Tom se subió a la balsa y cruzó el río.

Pronto se encontraba agazapado bajo la ventana de tía Polly. La luz de la sala seguía encendida. Tía Polly, Mary, Sid y la mamá de Joe estaban hablando.

—Si Tom siguiera vivo nunca más volvería a acusarlo —lloró Sid—. Claro que si se hubiera portado mejor…

—No hables mal de mi Tom —gritó tía Polly—. Era un niño con un corazón muy noble, amigo de sus amigos y honesto. Joe y ese pobre huérfano, Huck, también lo eran. No sé cómo voy a superar el funeral del domingo.

En cuanto mencionó el funeral, la mamá de Joe y Mary empezaron a sollozar. Tom también quería llorar. No sabía que tenía un corazón tan noble ni que era tan buen amigo.

De pronto, a Tom se le ocurrió una idea. Les iba a demostrar a Joe y a Huck cuánto les quería la gente…

Regreso a la vida

El domingo por la mañana, la iglesia estaba abarrotada de gente. Delante del altar había tres ataúdes. Estaban vacíos, por supuesto, ya que no habían encontrado los cuerpos. Toda la gente iba vestida de negro y lloraba.

El Sr. Sprague, el reverendo, habló desde el púlpito. Habló de cómo Tom Sawyer obedecía a tu tía y lo amable que era con Mary y con Sid.

Describió a Joe Harper como un chico muy noble que ayudaba a su mamá con las tareas. También habló de lo simpático y amable que era Huckleberry Finn con toda la gente del pueblo.

—Los vamos a echar mucho de menos —dijo—. En este pueblo nunca hubo tres jóvenes más queridos.

De pronto se oyeron unos lloros desconsolados en la puerta. Aparecieron tres chicos sucios llorando sin parar.

—Gracias a todos —dijo el que iba delante—. Qué bueno que piensen tan bien de nosotros.

Era Tom. Había llevado a Joe y a Huck a sus propios funerales.

Los amigos de Tom dijeron que era un héroe.

—Eres increíble Tom, has vuelto a la vida —dijo Ben.

Becky fue la única que no parecía alegrarse.

—Eres un pillo, Tom —protestó— y una espina para tu familia.

Tom quería hacer algo para que Becky no pensara eso de él. Un día por la tarde, se le presentó la oportunidad…

Becky se mete en problemas

El Sr. Dobbins, el maestro, tenía un libro especial en su escritorio. Era un libro con la tapa de cuero y una cinta para marcar páginas. Nadie sabía para qué lo usaba porque no dejaba que nadie mirara en su mesa.

Un día, a la hora del recreo, Becky agarró el libro. Era un manual de medicina lleno de gráficas y esqueletos.

Tom se asomó detrás de ella. —¿Qué haces, Becky?

Becky se sobresaltó. Se le cayó el libro de las manos y se rasgó una página.

—Te acabas de meter en un buen problema —dijo Tom—. Seguro que ese libro vale por lo menos un millón de dólares.

A la hora de la lectura, el Sr. Dobbins les pidió a los niños que eligieran un libro de los estantes. El maestro agarró su libro de la mesa y casi se le salen los ojos de las órbitas. —¿Quién… ha… roto… mi… libro?

Todos se quedaron sentados, muertos de miedo.

—¡Yo, no, señor! ¡Yo tampoco!

—El que lo haya hecho que confiese.

Tom oyó el ruido de la silla de Becky que se preparaba para confesar y se levantó de un salto.

—Fui yo, señor.

El Sr. Dobbins le clavó la mirada a Tom como una cobra. —Ven aquí.

Tom sabía lo que le esperaba. ¡La vara! Pero no le importaba.

Becky sonrió y le susurró: —Tom, te quiero.

Joe el Indio se escapa

El juicio de Muff Potter por el asesinato del Dr. Robinson empezó durante las vacaciones de verano. Todo el mundo estaba convencido de que lo colgarían.

El tendero, Micah, recordaba haberle vendido a Muff el cuchillo que usó para matar al Dr. Robinson. La anciana Grundy juraba que le había visto lavar su ropa manchada de sangre en el río.

Llamaron a Joe el Indio para interrogarle delante del juez. Tom y Huck estaban sentados entre la gente del pueblo y se sentían culpables. Sabían lo que había pasado realmente y sabían que Joe el Indio estaba mintiendo.

—¿No podemos rescatar a Muff? —preguntó Tom.

—Ya te dije que no —dijo Huck.

El juicio continuó un día tras otro, con el pobre Muff sentado en el pedestal prácticamente condenado a muerte.

Por fin llamaron al último testigo. Era una anciana que había visto a Muff afilando el cuchillo el día antes del asesinato.

—Ahora seguro que acaba en la horca —oyó Tom que tía Polly le susurraba a la mamá de Joe Harper.

Tom miró a Muff en el pedestal. Miró a Joe el Indio moviéndose en su silla. Y se puso de pie.

—Lo hizo Joe el Indio, Su Señoría —gritó—. Yo estaba en el cementerio y lo vi todo.

Sus palabras fueron interrumpidas por un ruido fuerte. Joe el Indio se había levantado y había salido por la ventana del tribunal. Todos le vieron correr por la calle hacia el bosque.

La casa embrujada

Tom volvía a ser un héroe por salvar a Muff, pero ahora tenía miedo de ir solo a su casa. ¿Qué pasaría si Joe el Indio le estaba esperando entre las sombras? Se tranquilizó al oír que el asesino había cruzado la frontera del estado.

—Ahora que vuelvo a ser libre, deberíamos buscar un tesoro para celebrarlo —le dijo Tom a Huck.

—¿Pero dónde lo buscamos? —preguntó Huck.

—En una casa embrujada —contestó Tom—. Los ladrones siempre esconden sus tesoros ahí.

Había una casa abandonada en una colina, en las afueras del pueblo. Tom estaba convencido de que estaba embrujada, así que fueron a investigar con una pala y un pico. El lugar estaba en ruinas. El jardín y el porche estaban cubiertos de malas hierbas, las ventanas caídas. El piso de madera estaba podrido.

—Vamos a echar un vistazo al piso de arriba —dijo Huck—. A lo mejor encontramos ropa.

Subieron las escaleras y dejaron el pico y la pala en el pasillo. —Mira, ahí hay un cofre —dijo Tom.

Huck le dio un golpe en las costillas. —¡Shh! ¿Oíste eso? Alguien se acerca por el jardín.

—Los fantasmas no van por la calle —dijo Tom.

—No son fantasmas —susurró Huck—. He oído pisadas.

Huck y Tom se alejaron de la ventana y se tumbaron en el piso. El piso de madera estaba lleno de agujeros y a través de ellos vieron a dos hombres que entraban por la puerta. Tom reconoció al primero. Era el misterioso español sordo que había llegado hacía poco al pueblo. Tenía una barba espesa que le tapaba la mitad de la cara y un sombrero grande. El otro hombre era pelirrojo y muy delgado.

—No me gusta este sitio —le dijo el hombre delgado al español—. Es muy siniestro.

—¡No seas nena! —contestó el español. Tom y Huck reconocieron la voz. ¡Era Joe el Indio! No se había ido del pueblo, solo se había disfrazado.

—Un saco lleno de plata, hemos conseguido un buen botín para una mañana —dijo el hombre delgado—. Pero ¿por qué tenemos que esconderlo aquí?

—Solo será por unos días hasta que consiga vengarme —dijo Joe el Indio—. Entonces me iré a Texas de verdad.

La palabra "vengarme" dejó a Tom helado. ¿Eso quería decir que Joe el Indio iba a buscarlo? Huck le dio un golpe. Joe el Indio había sacado un saco grande de monedas de su bolsillo. Levantó una de las piedras que había en la chimenea y empezó a cavar en la tierra que había debajo con el cuchillo.

Tom miró a Huck y le guiñó el ojo. Ya no tenía miedo. Con ese tesoro podrían comprar muchos pasteles.

De pronto, Joe el Indio dejó de cavar.

—Ahí hay algo enterrado —dijo—. Ayúdame a sacarlo. No, espera, la madera está podrida y debí romper la tapa.

Metió las manos y sacó un montón de monedas de oro. ¡Un tesoro! Los ojos de los hombres brillaron de alegría.

—Se rumorea que una banda de ladrones de trenes usaba esta casa hace unos veranos —dijo el amigo de Joe el Indio—. ¿Qué hacemos ahora?

—Cavar —dijo Joe el Indio—. Vamos a ver qué más hay.

—Vi un pico en el pasillo —dijo su amigo—. Voy a buscarlo.

Regresó con el pico de Tom y empezó a cavar al lado de Joe el Indio. Pronto sacaron una caja fuerte del agujero, un verdadero cofre del tesoro. Las monedas de oro brillaban.

—Es precioso —sonrió Joe el Indio dándole un beso al cofre de madera podrida.

Su amigo hizo lo mismo.

—¿Dónde lo escondemos?

—Conozco el lugar perfecto —rió Joe el Indio—. ¡Debajo de la cruz!

—Debajo de la cruz —dijo Tom cuando Joe el Indio y su amigo se fueron—. ¿Crees que van a enterrar el oro en una tumba?

—Voy a averiguarlo —dijo Huck—. Seguiré a Joe el Indio. Él no sabe que yo también vi el crimen, así que será mejor que yo le siga y no tú, Tom.

La cueva de McDougal

Cuando Tom volvió a su casa, encontró a tía Polly de buen humor. —Horneé unos pasteles e hice limonada para la merienda anual de mañana, Tom. También horneé el pastel favorito de Becky.

La merienda anual era solo para niños y maestros. Hacían una travesía de tres millas por el río en un transbordador hasta llegar al mejor sitio de Missouri para una merienda. Allí comían, nadanban, jugaban y exploraban la famosa cueva de McDougal.

—¿Vas a entrar en la cueva, Tom? —preguntó Joe Harper.

—Yo y Becky vamos a ir —dijo Tom—. No te da miedo la oscuridad, ¿verdad, Joe?

—No es la oscuridad lo que deben temer —dijo el Sr. Dobbin mientras esperaban en el saliente de una roca con forma de A gigante que había en la entrada—. La cueva es un laberinto y es muy fácil perderse. Deben llevar velas y cerillos y no pueden alejarse del grupo. Si lo hacen, se perderán.

Pronto la cueva se llenó del eco de las risas de los niños que seguían al guía en la oscuridad. Cuando salieron, el sol se estaba poniendo.

—¿Dónde está Tom? —le preguntó tía Polly a Joe Harper cuando el transbordador regresó al embarcadero de San Petersburgo donde esperaban los padres y familiares.

—¿Dónde está Becky? —preguntó la Sra. Thatcher.

Tom y Becky se pierden

Nadie había visto a Tom y a Becky en el viaje de regreso a casa. Nadie recordaba haberlos visto salir de la cueva. Solo recordaban que los habían visto entrar.

Tía Polly se quedó blanca como una sábana.

—¡Seguro que siguen en la cueva de McDougal! —exclamó.

Dentro de la cueva, Tom y Becky intentaban mantener la calma.

—Nos hemos perdido por mi culpa —dijo Becky—. Quería encontrar el escondite de los murciélagos.

—Yo pensé que conocía el camino de vuelta —contestó Tom—, pero nos metimos por el sitio equivocado en algún momento. Vamos a gritar. Ya verás cómo alguien nos oye.

Empezaron a gritar pero nadie contestó. Tom pensó que debían seguir caminando, pero pronto se dieron cuenta de que estaban caminando en círculos. Oyeron a lo lejos la bocina del transbordador.

—Se van sin nosotros —lloró Becky.

—Cuando vean que no estamos volverán a buscarnos, ya verás —dijo Tom.

Se sentaron y juntaron las manos. Pasó el tiempo.

—¿Cuánto tiempo llevamos aquí? ¡Parece que llevamos días!

—Solo llevamos unas horas, Becky —dijo Tom. Sacó algo de su bolsillo—. ¿Sabes qué es esto?

—Sí, Tom —contestó Becky—. Es el trozo de pastel que hizo tía Polly. Será nuestra última…

No terminó la frase, pero Tom sabía lo que quería decir. ¡Su última cena!

—Escucha, Becky —dijo—. No podemos perder la esperanza. Seguro que enviarán a alguien a buscarnos.

—¿Tú crees?

—Seguro que sí.

Becky comió el último trozo de pastel. Se quedó dormida y Tom cerró los ojos. A lo mejor, si se dormía, podría soñar con algo maravilloso. No tenía ni idea de cuánto tiempo llevaban allí cuando oyó un ruido. ¡Eran pisadas! Tom estaba a punto de despertar a Becky cuando vio la luz de una vela a la vuelta de una esquina.

—¡Hola! —llamó.

La luz se detuvo y en ese momento, Tom supo quién era. ¡Joe el Indio! El ladrón pegó un grito, se dio media vuelta y salió corriendo. Tom estaba convencido de que no le había reconocido porque le habría atacado.

—Nos han encontrado —dijo Becky.

—Shh —dijo Tom—. Era solo un murciélago. Vuelve a dormir.

No le podía decir a Becky que tenía mucho miedo. No podían arriesgarse a que los viera Joe el Indio.

—Escucha, Becky, tenemos que salir de aquí. A lo mejor podemos encontrar la salida.

Empezaron a caminar. No tenían ni idea de cuánto tiempo llevaban caminando cuando oyeron unas voces débiles.

—¡Tom! ¡Becky! —gritó el papá de Joe Harper.

—¡Estamos aquí! —contestó Tom.

En busca del tesoro

Tom abrió los ojos. Estaba en la cama. Tía Polly le sujetaba la mano.

—¿Cuánto tiempo llevo aquí, tía Polly?

—Casi una semana. Tom, estuviste perdido durante tres días, como Jonás en la barriga del pez. Tuviste mucha suerte de salir de la cueva con solo un poco de fiebre. Hay gente que se ha muerto de hambre ahí dentro.

—Ahora ya nadie puede volver a explorar la cueva. El juez Thatcher ha ordenado sellar la entrada con una puerta de madera —añadió Mary que estaba al lado de tía Polly.

—¿Sellado? —gritó Tom—. Pero Joe el Indio está dentro.

—No hables más —dijo tía Polly—. Estás demasiado débil para preocuparte. Vuelve a dormir.

Tom se sentía mareado. Mary le puso un paño húmedo en la frente y Tom se quedó dormido. Cuando se despertó, Huck estaba en la habitación.

—Joe el Indio ya no dará problemas, Tom —dijo—. Tía Polly le envió el mensaje al juez Thatcher y él envió unos hombres armados a la cueva de McDougal. Lo encontraron muerto detrás de la puerta. Se murió de miedo.

—Seguro que había escondido el tesoro en la cueva y cuando se enteró de que iba a haber una merienda volvió para esconderlo mejor —dijo Tom—. Ahora la entrada está sellada, Huck, pero estoy convencido de que podemos encontrar la manera de entrar.

—Entonces, vamos a buscar el tesoro —dijo Huck.

—¿Encontrar qué? —preguntó tía Polly que había entrado en la habitación con un poco de caldo para Tom—. Tom no va a ir a ninguna parte. Tardará por lo menos dos semanas en poder levantarse.

Tom se escapó por la ventana a la mañana siguiente con un saco lleno de herramientas. Él y Huck se reunieron a las afueras del pueblo y navegaron río abajo en la balsa.

—¿Cómo vamos a entrar, Tom? —preguntó Huck.

—Vi un agujero en el techo cuando Becky y yo dábamos vueltas —dijo Tom—. Desde el suelo no podíamos llegar, pero seguro que podemos meternos desde el exterior. Solo tenemos que encontrarlo.

Encontraron un agujero en la tierra, encima de la cueva, escondido entre las ramas de un arbusto con espinas. Tom ató el extremo de una soga al tronco de un árbol que había cerca y tiró el otro extremo por el agujero. Después los dos chicos bajaron por la cuerda hasta llegar al suelo de la cueva. Huck sacó un ovillo de cuerda de cometa que llevaba en un saco y lo amarró al extremo de la soga.

—Iré soltando cuerda a medida que avancemos y así sabremos cómo volver —explicó.

Encendieron una linterna y avanzaron en la oscuridad.

—¿Dónde crees que escondió el tesoro Joe el Indio, Tom? —preguntó Huck.

—Tenemos que buscarlo —dijo Tom.

Pasaron horas y no encontraron nada. Estaban a punto de abandonar cuando vieron unas huellas en el suelo.

Tom es un héroe

—Parecen huellas de las botas de Joe el Indio —exclamó Huck. Siguieron el rastro y llegaron a una roca al final de un túnel.

—¿Ves eso, Huck? —preguntó Tom levantando la linterna—. En esa roca hay una cruz dibujada. Es la cruz que mencionó Joe el Indio en la casa embrujada —dijo Tom—. Seguro que es aquí, Huck.

Huck estaba mirando el suelo.

—Aquí la tierra está movida.

Apartaron la tierra con las manos y vieron unas tablas de madera. Debajo de las tablas había un agujero negro, la entrada a un pasadizo secreto.

—Vamos, Tom —dijo Huck. Se tumbaron en el suelo y se arrastraron por el pasadizo hasta llegar a una pequeña cueva donde estaba la caja fuerte.

Huck la abrió.

—Está llena de oro, Tom. ¡Somos ricos! ¡Con esto podemos comprar todo el helado de Missouri e Illinois juntos!

Más tarde, tía Polly estaba cerca de la cama vacía de Tom, moviendo la cabeza. —Este chico me va a matar.

—Tom es un héroe, mamá —dijo Mary.

—Será tu ruina, tía Polly —dijo Sid.

—¿Ah, sí? —Una cara sonriente apareció por la ventana de la habitación, seguida de otra. Eran Tom y Huck.

—Tenemos un regalo para ti, tía Polly —dijo Tom. Un momento más tarde, él y Huck dejaron caer las monedas de oro encima de la cama.

LA ISLA DEL TESORO

Me llamo Jim Hawkins y me han pedido que te cuente la historia de la Isla del Tesoro, así que eso haré. Sucedió hace muchos años, cuando yo era solo un niño y ayudaba a mis padres en la posada del Almirante Benbow. Mi padre estaba enfermo y yo ayudaba a mi madre.

Recuerdo como si fuera ayer el día que llegó un viejo marino buscando una habitación. Tenía la cara y las manos curtidas y sucias y llevaba un abrigo azul muy viejo. Su coleta grasienta le caía sobre un hombro. Arrastraba una vieja maleta que nunca abrió durante el tiempo que estuvo con nosotros. Recuerdo que el primer día llegó cantando una vieja canción marina:

"Son quince los que quieren el cofre de aquel muerto.
Son quince, ¡job, oh, oh!, son quince; ¡viva el ron!"

Se llamaba Billy Bones. Bebía ron sin parar y molestaba a los huéspedes con sus canciones y sus horribles historias. Cuando llegaban otros hombres de mar a la posada, Bones parecía preocupado. De hecho, me prometió que me pagaría cuatro peniques al mes si veía a un marinero con una sola pierna del que hablaba con temor. Bones me daba el dinero cuando se lo pedía, pero después de la primera semana, no volvió a pagar por su habitación. Mi pobre madre no se atrevía a pedirle lo que le debía. Solo el Dr. Livesey, que venía a ver a mi padre, se atrevía a enfrentarse a Billy Bones.

Una mañana helada, llegó un hombre a la posada buscando a su "camarada, Bill". Cuando Billy Bones vio al forastero, se puso pálido.

—¡Black Dog! —exclamó.

Los dos se sentaron y me pidieron que les llevara ron. Yo lo hice y me quedé al otro lado de la puerta para oír lo que decían. Solo pude oír un murmullo bajo, hasta que Billy gritó: —¡No! ¡No, no, no y no hay más que hablar!

Se oyó un ruido de mesas y sillas seguido por el choque del acero. Black Dog salió corriendo, con sangre en el hombro, seguido por Billy Bones. Ambos habían desenvainado su espada.

Cuando Billy regresó, se tambaleaba.

—¡Necesito irme de aquí! —gritó. Después se colapsó. Mi madre y yo llamamos al Dr. Livesey y él nos dijo que Billy había sufrido un ataque.

—Tiene que descansar —dijo el doctor— y no debería tomar alcohol. Podría sufrir otro ataque y morir.

Entre los tres lo llevamos a la cama.

Billy se despertó al poco rato y empezó a pedir ron. Le dije lo que había dicho el doctor, pero no le importó. Cuando le llevé el ron, dijo: —Te voy a contar algo, Jim, porque eres la única persona en la que confío.

Me contó que había trabajado de primer oficial para un pirata llamado capitán Flint, el cual le había dado el mapa de un tesoro antes de morir. Billy guardaba el mapa en su vieja maleta. Ahora sus compañeros de barco lo querían.

El disco negro

Mi padre murió a la noche siguiente, así que me olvidé de los problemas de Billy Bones, aunque mi madre y yo le dábamos las medicinas que había dejado el Dr. Livesey. A pesar de la medicina, Billy cada día parecía más débil y seguía tomando grandes cantidades de ron.

El día después del funeral de mi padre, llegó a la posada un hombre ciego con un palo y una venda verde sobre los ojos. Me pidió que le llevara hasta Billy Bones, que seguía en la sala con una borrachera.

—Aquí está uno de sus amigos, Bill —le dije.

Billy levantó la cabeza y de pronto parecía estar sobrio, aunque demasiado débil para levantarse.

—¡El ciego Pew! —susurró.

—Muchacho —me dijo el ciego Pew—, acércame la muñeca de su mano izquierda a mi mano derecha.

Hice lo que me pidió y vi que le ponía algo en la mano a Billy.

—Ahora ya está hecho —dijo, después se dio media vuelta y se marchó. Oí el ruido de su palo mientras se alejaba rápidamente por la calle. En cuanto se fue, Billy miró el papel que le había dado el ciego Pew.

—¡El disco negro! —gritó asustado—. Es una advertencia, Jim. Significa que mis viejos compañeros de tripulación vienen a buscarme. Estarán aquí a las diez en punto.

Una vez más intentó levantarse, pero se tambaleó y cayó al piso. Supe inmediatamente que estaba muerto.

Le conté a mi madre lo que sabía de Billy Bones y su maleta. Si sus compañeros de tripulación venían, estaríamos en peligro. Decidimos abrir la maleta por si hubiera dinero ya que Bones nos debía mucho.

La maleta estaba llena de tabaco, artilugios, algunos papeles envueltos en una tela impermeable y un saco de lona con monedas. Estábamos contando el dinero cuando oímos el ruido de un bastón por fuera de la ventana y unas pisadas detrás. El ciego Pew había regresado, ¡con más piratas!

Mi madre agarró el saco de monedas, yo tomé los papeles y salimos huyendo. Conseguimos escondernos en un lugar cercano desde donde podía ver a los piratas entrar en la posada. En unos minutos, alguien asomó la cabeza por la ventana del piso de arriba.

—Han vaciado la maleta —gritó—. Los papeles no están. ¡Encuentren al muchacho!

Justo entonces oímos el sonido de unos cascos y un disparo. Cinco soldados aparecieron galopando en sus caballos hacia la posada y los piratas huyeron, todos menos el ciego Pew. Desconcertado, se puso delante de los soldados y los caballos le pasaron por encima.

Los soldados se acercaron a mi madre y a mí.

—¿Qué andaban buscando? —preguntó un oficial.

—Creo que era esto —contesté mostrándole los papeles—. Será mejor que se los demos al Dr. Livesey para que los guarde.

Los papeles del capitán

Preocupado por mi seguridad, uno de los soldados me llevó a la casa del Dr. Livesey. Cuando llegué, el doctor estaba con su amigo, el caballero Trelawney. Ambos parecieron muy interesados en mi historia y abrimos el paquete envuelto en la tela impermeable.

Dentro encontramos un cuaderno con una lista de fechas, nombres de barcos, lugares y sumas de dinero.

—¡Es el libro de contabilidad del truhán! —gritó el caballero Trelawney mirando los papeles—. Estos son los barcos que asaltaron, la cantidad que robaron y el lugar donde enterraron el tesoro. ¡Seguro que hay un mapa!

Efectivamente, había uno. El Dr. Livesey lo desplegó con mucho cuidado. Yo estaba emocionado al ver el mapa del tesoro del que me había hablado Bones. El doctor y el caballero también estaban emocionados.

—Livesey —dijo el caballero Trelawney—. Mañana salgo para Bristol y quiero que vengas conmigo. En menos de un mes podemos fletar un barco y reclutar a la tripulación. Tú, Jim, serás nuestro grumete. Hay un tesoro ¡y vamos a encontrarlo!

—Iré contigo con una condición, Trelawney —contestó el doctor.

—¿Cuál? —preguntó el caballero.

—Que no le cuentes a nadie nuestro objetivo o todo estará perdido.

—Livesey —dijo solemnemente el caballero—, estaré callado como una tumba.

Un mes más tarde, me despedí de mi madre y la posada donde había vivido toda mi vida y viajé a Bristol para reunirme con el caballero Trelawney y el Dr. Livesey.

El caballero había comprado un barco llamado *La Española* y lo había equipado para la travesía. El hombre a cargo se llamaba capitán Smollett y había encontrado a la tripulación con la ayuda Long John Silver, el cocinero de un viejo barco que tenía una taberna en Bristol.

—¿Cuándo zarpamos? —le pregunté a Trelawney.

—¡Mañana! —dijo el caballero con un brillo en los ojos—. Ahora necesito que lleves este mensaje a Silver.

Me dio una nota y me dijo cómo encontrar El Vigía, la taberna de Silver.

Mientras iba por los muelles, intenté asimilar todo lo que estaba pasando. En el muelle había marineros, muchos tenían coletas, bigote y aretes en las orejas. Había barcos atracados de todos los tamaños. En algunos, los marineros estaban colgados de la jarcia y cantaban muy fuerte.

Aunque había vivido en la costa toda mi vida, sentí que hasta ese momento no había estado cerca del mar. Estaba a punto de zarpar a una isla desconocida, ¡en busca de un tesoro escondido! No podía disimular mi emoción.

La taberna El Vigía tenía unas cortinas rojas y un cartel recién pintado. Me asomé por la ventana y vi que casi todos los clientes eran hombres de mar. Me daba un poco de miedo entrar, pero lo hice y pregunté por el dueño.

En la taberna de El Vigía

Long John Silver era un hombre alto. Le faltaba la pierna derecha y llevaba una muleta bajo su brazo izquierdo que manejaba con gran destreza. Era sonriente y amable, pero había algo en él que me inquietaba. ¿Podría ser Long John Silver el hombre de una sola pierna al que Billy Bones tenía tanto miedo?

Me presenté y le di a Silver la nota del caballero Trelawney. La leyó y me miró. —¡Eres el nuevo grumete! —dijo—. Un placer conocerte.

Me acompañó de vuelta a los aposentos del caballero Trelawney y el caballero le pidió que subiera a todos los hombres a bordo y se preparara para zarpar.

—Sí, señor —contestó Long John.

Cuando Long John se fue, subí al barco con el caballero Trelawney y el Dr. Livesey. Algo le preocupaba al capitán Smollett, así que nos llevó a su camarote para hablar con el caballero y el Dr. Livesey en privado.

—Por lo visto —empezó el capitán Smollett— vamos en busca de un tesoro y eso no me gusta. Todos los que están a bordo, menos yo, ya lo sabían.

—¿Qué te preocupa? —preguntó el caballero.

—Un motín —contestó Smollett—. Toda la tripulación sabe que hay un mapa del tesoro. También saben dónde se guarda la munición y las armas, así que debemos guardarlas en un lugar secreto.

Eso hicieron, pero el caballero pensó que Smollett era un cobarde.

Zarpamos a la mañana siguiente justo después del amanecer. Yo estaba agotado porque con la emoción del día anterior no había dormido mucho, pero no quería perderme lo que pasaba a bordo. El contramaestre ordenó a la tripulación que maniobrara el cabrestante e izara el ancla. Mientras lo hacían, los hombres cantaban una canción que yo ya había oído antes.

"Son quince los que quieren el cofre de aquel muerto.
Son quince, ¡job, oh, oh!, son quince; ¡viva el ron!"

Durante la travesía, empecé a pasar más tiempo con Long John Silver. Con frecuencia me invitaba a acompañarlo a la cocina que mantenía limpia como un perno nuevo.

—Ven, Hawkins —me decía—. Ven a hablar con John.

Me contaba historias de sus viajes y de su loro, el capitán Flint, que guardaba en una jaula en la cocina.

—Le puse ese nombre por el famoso bucanero —me dijo Long John—. Él sabe que nuestra travesía será un éxito, ¿a que sí, Capitán?

Como respuesta, el loro chilló una y otra vez: —¡Piezas de a ocho! ¡Piezas de a ocho! ¡Piezas de a ocho!

—Ese pájaro ha recorrido todo el mundo, Jim —me dijo Long John—. Ha visto más monedas de oro de las que nosotros dos podemos contar. Por eso grita todo el tiempo piezas de a ocho.

Long John era tan simpático y amable que no podía evitar confiar en él y dejé a un lado mis sospechas.

Lo que oí desde el barril de manzanas

Una tarde, fui al barril de las manzanas a buscar algo de comer. Apenas quedaban manzanas, así que me metí dentro para agarrar una. Dentro estaba oscuro y cálido. Había trabajado mucho ese día. Me acurruqué y me quedé dormido, mecido por las olas del mar.

Me desperté con el ruido de unas voces. Long John Silver estaba hablando con dos de la tripulación.

—No, Flint era el capitán. Yo solo era el contramaestre por mi pata de palo —dijo—. Ya sabes que perdí la pierna en el mismo abordaje en el que Pew se quedó ciego. Los dos éramos hombres de Flint.

—Flint era el mejor —dijo el otro marino. Reconocí su voz: era Dick, uno de los reclutas de Long John y el más joven de la tripulación.

—Sí —asintió el timonel, Israel Hands—, no como Smollett. No lo aguanto más. Tenemos suficientes hombres de Flint a bordo, Long John… ¿cuándo vamos a hacernos con el mando?

Se me quedó la sangre helada. Long John era un pirata y había reclutado a otros piratas en la tripulación. ¡Iban a amotinarse! ¡El capitán Smollett tenía razón!

—Esperaremos a que llegue el momento oportuno —dijo Long John—. Cuando tengamos el tesoro, nos encargaremos de Smollett y el resto. ¿Te unes a nosotros, Dick?

Dick accedió a unirse a los piratas y Long John le dijo que fuera a busca una jarra de ron.

En este momento, el centinela gritó: —¡Tierra!—. Se oyeron pisadas corriendo por la borda. En medio de la conmoción, conseguí salir del barril sin que me vieran.

A lo lejos había una isla y el capitán Smollett preguntó si alguien la reconocía.

—Fui cocinero en un barco mercante y una vez nos detuvimos allí. Es el islote del Esqueleto —dijo Long John.

¡Era la isla del mapa del tesoro!

Después de analizar cuál era el mejor sitio para echar el ancla, el capitán le dijo a Long John que se retirara, que a lo mejor necesitaría su ayuda después. Long John me sonrió al alejarse y yo esperé que no hubiera notado el miedo que le tenía.

Más adelante pedí si podía hablar con el capitán, el caballero Trelawney y el Dr. Livesey en el camarote del capitán Smollett. Cuando les conté lo que había oído desde el barril de manzanas, estaban agradecidos. El capitán no parecía sorprendido, pero dijo que no podíamos hacer mucho hasta que supiéramos cuántos hombres estaban contra nosotros.

—Eres un muchacho observador, Jim —dijo el Dr. Livesey— y nos puedes ayudar más que nadie. Los hombres confían en ti, así que podrás ayudarnos a descubrir quién es amigo y quién es enemigo.

Prometí que haría todo lo que pudiera.

El hombre de la isla

A la mañana siguiente nos acercamos al islote del Esqueleto. Gran parte de la isla estaba cubierta de bosques y detrás de los árboles había colinas.

Long John Silver remó con treinta marineros hasta la costa para explorar la isla. En el último minuto, yo me subí a uno de los botes. Intenté agacharme y esconderme, pero Long John me vio.

Cuando me di cuenta de que iba a estar en la isla con Long John y sus hombres, me entró mucho miedo. En cuanto llegamos a tierra, salté del bote y corrí.

Me escondí entre unos matorrales y oí unas voces. Me asomé y vi a Long John Silver hablando con Tom, un hombre leal al capitán.

—Tú decides —le estaba diciendo Long John—. Puedes unirte al grupo del capitán o puedes salvar tu pellejo y unirte a nuestro grupo.

—Antes me cortaría la mano que traicionar al capitán —contestó Tom. Se dio media vuelta y se alejó.

Long John se apoyó en la rama de un árbol y le lanzó la muleta a la espalda de Tom. Tom gritó y cayó al suelo. En unos segundos, Long John, rápido como un rayo a pesar de no tener su muleta, estaba encima de Tom. Sacó su cuchillo y se lo clavó a Tom en la espalda. Después se levantó y silbó para avisar a sus hombres.

Yo aproveché la oportunidad y me alejé todo lo sigilosamente que pude y después corrí para ponerme a salvo.

Corrí como nunca lo había hecho, sin importarme dónde iba, siempre y cuando me alejara de Long John y sus hombres. Pronto me di cuenta de que me había perdido y no tenía ni idea de cómo regresar al barco. Aunque hubiera sabido el camino, estaba seguro de que los piratas me matarían en cuanto me vieran.

De pronto me quedé helado. Una extraña figura peluda se movió entre los árboles. La figura se asomó vacilante. No se parecía a ningún hombre que hubiera visto antes. Se arrodilló, con las manos juntas.

—¿Quién eres? —le pregunté.

—Soy Ben Gunn —contestó—. No hablo con nadie desde hace tres largos años.

Me contó que había sido uno de los hombres del capitán Flint. Sus compañeros de tripulación le habían abandonado en la isla.

—¿Es ese el barco de Flint? —preguntó.

—Flint está muerto —le dije—, pero algunos de sus hombres son parte de nuestra tripulación. Long John Silver es su líder.

Al oír el nombre de Long John, Ben empezó a temblar. —¿Te envió él a buscarme? —preguntó.

Le aseguré que no y le conté lo que había pasado durante el viaje. Me preguntó si Trelawney le llevaría de vuelta a casa si le ayudaba a encontrar el tesoro.

—Seguro que sí —le aseguré a Ben.

Cómo abandonaron el barco

Ben Gunn y yo íbamos de regreso a *La Española* cuando oí un cañonazo. Corrí hacia el ruido y vi una bandera roja ondeando por encima de los árboles.

—Es la vieja cabaña de troncos —me dijo Ben—. Tus amigos han debido bajar a tierra y los amotinadores les están atacando.

—Debo unirme a ellos —le dije a Ben.

—Si me necesitas ya sabes dónde encontrarme —dijo Ben. Una bala de cañón explotó cerca, en la arena, y ambos salimos disparados en direcciones opuestas.

En la cabaña, me recibieron cálidamente el Dr. Livesey, el caballero Trelawney, el capitán Smollett y sus leales miembros de la tripulación. El Dr. Livesey me dijo lo que había pasado cuando me fui del barco.

En *La Española* se habían quedado seis hombres de Long John a cargo de Israel Hands. El Dr. Livesey había visto la cabaña en el mapa de Flint y, mientras el capitán Smollett y el caballero tenían a Israel Hands y sus hombres bajo control, el Dr. Livesey y los miembros leales de la tripulación habían ido remando a la costa con provisiones. Ahora los cuatro estaban a salvo en la cabaña. *La Española* estaba en manos de los amotinadores y habían empezado a disparar a la cabaña, tal y como Ben Gunn había dicho.

Le hablé al Dr. Livesey de Ben Gunn y él se mostró interesado en cómo podía ayudarnos. El capitán Smollett estaba más preocupado por defender la cabaña.

Desde *La Española*, los amotinadores continuaron bombardeando hasta que se puso el sol. Cuando se hizo de noche, vimos el brillo de una hoguera en el bosque, donde Long John y sus hombres habían acampado. Yo estaba muy cansado y esa noche dormí profundamente.

Me desperté a la mañana siguiente al oír un grito: —¡Bandera de tregua!—. Vi a Silver que se acercaba a la cabaña. Quería hacer un trato con el capitán Smollett.

—Danos el mapa —dijo Long John Silver— y ya veremos si vuelven vivos a Inglaterra.

—No pienso hacer tratos contigo —contestó Smollett.

—Los que mueran serán los más afortunados —amenazó Silver.

Al mediodía, cuatro piratas con chafarotes saltaron la muralla de la cabaña para asaltarnos. Se oyeron disparos de mosquetes desde el bosque. Nuestros hombres estaban armados y devolvieron el fuego.

La cabaña se llenó de humo y de gritos de dolor mezclados con el ruido de los disparos de mosquetes. Yo agarré un chafarote y corrí a enfrentarme con los piratas. Conseguimos que retrocedieran. De los cuatro que habían saltado el muro, solo uno consiguió salir con vida y huyó a toda velocidad. Nosotros perdimos a dos hombres en la batalla y el capitán estaba mal herido. Esperamos al siguiente ataque, pero no llegó.

Un viaje en barquilla

Esa tarde, el Dr. Livesey salió de la cabaña con el mapa del tesoro. No dijo nada, pero yo me imaginaba que iba a buscar a Ben Gunn.

Dentro de la cabaña el calor era abrasador y yo estaba desesperado por salir de allí. Agarré unas pistolas y me escapé de la cabaña. Miré hacia la costa y vi a *La Española* y oí las voces de los hombres. Se reían y gritaban.

Mientras iba hacia la costa, vi algo más. Al lado de una roca, escondida entre unos arbustos, había una barquilla, un bote pequeño, que me imaginé que era de Ben Gunn. Empecé a trazar un plan en mi mente. Si conseguía cortar las sogas del ancla de *La Española*, el barco quedaría a la deriva y después encallaría. Los piratas se quedarían atrapados en la isla.

Cuando anocheció, se levantó una niebla espesa. Era suficiente para llevar a cabo mi plan sin miedo a que me vieran. Empujé la barquilla al agua y lentamente empecé a remar hacia el barco. Por suerte, la marea me arrastró hasta la soga del ancla. La corté, hebra por hebra, y el barco se quedó a la deriva en el mar.

El barco crujió al pasar a mi lado y conseguí sujetarme a un cabo y trepar hasta una ventana. Me asomé y vi a Israel Hands peleando con otro marinero. Rápidamente volví a mi barquilla y el barco se alejó de mí.

De pronto, la barquilla escoró hacia un lado y me vi atrapado en medio de una corriente. Me tumbé en el fondo de la barquilla y recé para que mi Creador me salvara la vida mientras iba a la deriva hacia alta mar.

Debí estar ahí horas, castigado por las olas. Estaba muerto de miedo, pero a la vez tan cansado que no pude evitar quedarme dormido. Soñé con mi casa y la posada del Almirante Benbow.

Cuando desperté, estaba a plena luz del día. Me encontraba en el suroeste de la isla, pero todavía no podía controlar la barquilla. La corriente me llevó hasta la punta de la isla y delante de mí ¡vi a *La Española*!

Sus velas se movían suavemente y avanzaba despacio en mi dirección. No vi ni una sola alma en cubierta. Todo parecía estar en calma.

De pronto, tenía a *La Española* encima. Me subí a bordo justo antes de que el barco destrozara mi barquilla en mil pedazos.

En el barco reinaba un silencio siniestro. Israel Hands y los hombres que había visto pelear antes yacían sobre la cubierta llena de sangre. Hands seguía vivo, pero los otros hombres estaban muertos y más tiesos que un palo.

Bajé la bandera pirata y la arrojé por la borda. Después fui hacia Hands. Me pidió aguardiente y que le ayudara a curar sus heridas. Yo estaba dispuesto a ayudarlo si me ayudaba a llevar a *La Española* a un fondeadero seguro.

Israel Hands

Fui a buscar comida y algo de beber para Hands y saqué un pañuelo de seda de mi maleta para vendarle su herida sangrante del muslo. Al volver, vi que se arrastraba dolorosamente por la cubierta hacia un cuchillo escondido entre un rollo de soga. Lo agarró y lo escondió en su chaqueta. Me alegré de tener las dos pistolas que había sacado de la cabaña.

Hands me ayudó a llevar el barco hacia el norte de la isla. Mientras llevaba el timón, tuve un horrible presentimiento y me di la vuelta.

Hands venía hacia mí, con el cuchillo en la mano derecha. Intenté usar una de mis pistolas, pero la pólvora estaba húmeda y no disparó.

Hands se lanzó hacia a mí. Yo grité y lo esquivé. Desesperado, me subí a la jarcia y conseguí recargar mis armas. Hands trepó detrás de mí, con la daga entre los dientes.

—¡Un paso más y te reviento los sesos, Hands! —le grité apuntándole con la pistola.

—Jim —contestó—. Creo ha llegado el final para los dos, para ti y para mí.

Me lanzó la daga y se me clavó en el hombro.

Sorprendido y aturdido por el dolor, solté las dos pistolas y estas cayeron al agua. Israel Hands pegó un grito ahogado y cayó hacia atrás, sumergiéndose de cabeza en el agua.

Me había quedado solo en *La Española*. Me bajé de la jarcia y nadé hacia la costa para ir a la cabaña.

Era ya de noche cuando llegué. Entré en la cabaña y el sonido de ronquidos me tranquilizó. Mis amigos dormían plácidamente.

Pero de pronto oí un grito. —¡Piezas de a ocho! ¡Piezas de a ocho!—. Era el loro de John Silver.

—¿Quién anda ahí? —preguntó Silver.

Silver acercó una antorcha a mi cara. —¡Jim Hawkins! —dijo—. ¿Vienes a unirte a nuestro grupo?

¡Estaba rodeado de piratas! No veía a mis amigos por ninguna parte y me temí lo peor. Me dijeron que se habían rendido y habían entregado la cabaña y el tesoro a los piratas. No podía creer que se hubieran rendido tan rápido.

—No conseguirán ganar —les dije a los piratas—. El barco se ha marchado y ya no pueden salir de la isla.

Los piratas estaban furiosos y dos de ellos se abalanzaron hacia mí. Silver los detuvo, pero por su manera de hablarle, sabía que ya no le respetaban.

—Quieren deshacerse de mí —admitió Silver cuando nos quedamos solos—. Ahora estoy del lado del que manda. Si me ayudas te salvaré la vida.

Si los piratas descubrían que Long John había cambiado de bando, nos matarían. Mi única esperanza era confiar en él.

—Haré lo que pueda —dije.

Una voz en los árboles

A la mañana siguiente, el Dr. Livesey vino a la cabaña para curar a los enfermos y a los piratas heridos.

—Tenemos un nuevo huésped —le dijo Silver, empujándome hacia delante.

Al Dr. Livesey le sorprendió verme. Cuando terminó de curar las heridas de los piratas y les dio medicinas, me dijo que quería hablar conmigo en privado. Silver nos dijo que podíamos hablar afuera, cerca de la valla, para que los otros no nos oyeran.

—Doctor —dijo mientras nos acompañaba afuera—, Jim le contará cómo le salvé la vida —después añadió en un susurro—: Espero que pueda hacer lo mismo por mí.

Los piratas empezaron a gritar y a llamarle traidor por intentar hacer un trato con el doctor. Parecía que Silver había perdido el control de sus hombres.

Era evidente que Silver estaba preocupado. Se sentó en un tocón donde no nos podía oír hablar al doctor y a mí.

En cuanto nos quedamos solos, le conté al Dr. Livesey lo que había pasado a bordo de *La Española* y dónde había anclado el barco. Le sorprendió y le alegró saber que el barco estaba a salvo.

—Nos has vuelto a salvar la vida, Jim —dijo—. Te aseguro que no pienso dejar que la tuya corra peligro. —Llamó a Silver para que se acercara—. Quédate con el chico y llama si necesitas ayuda. Yo iré a buscar refuerzos.

Estrechó mi mano, asintió a Silver, se dio media vuelta y se fue.

Volví a la cabaña para desayunar con Silver y los piratas. Después salimos armados con picos y palas a buscar el tesoro. Long John Silver me llevaba con una soga que me había atado a la cintura. Él y sus hombres iban armados con chafarotes y pistolas.

Los hombres hablaban del mapa. En la parte de atrás del mapa había escrito lo siguiente:

"Árbol elevado en el declive de El Vigía, en dirección de norte a nor-nordeste. Islote del Esqueleto, este-sudeste, cuarta al este. Diez pies."

Los hombres salieron corriendo. De pronto, uno de ellos gritó. Había encontrado un esqueleto humano en el suelo. Los pies del esqueleto señalaban en una dirección y sus manos estiradas señalaban en dirección contraria.

—Esta es una de las bromas de Flint —dijo Silver mirando su brújula—. El esqueleto señala al este-sudeste, cuarta al este, como dice el mapa. ¡Por ahí se va al tesoro!

En ese momento, oímos una voz débil y temblorosa:

"Son quince los que quieren el cofre de aquel muerto. Son quince, ¡job, oh, oh!, son quince; ¡viva el ron!"

Los hombres se pusieron pálidos de miedo. —¡La canción de Flint! —susurró alguien. A Silver le castañeaban los dientes, pero declaró: —Nunca le tuve miedo a Flint cuando estaba vivo y por mis barbas que no pienso temerle ahora que está muerto. ¡Vamos a buscar el tesoro!

La caída del cacique

Los hombres salieron corriendo y Long John intentó alcanzarlos.

De pronto se detuvieron. Delante de nosotros había una gran fosa que parecía hecha hacía mucho tiempo. En los costados crecía la hierba. En el fondo vimos el mango roto de una azada y varias tablas. Una de las tablas tenía la palabra "Walrus", el nombre del barco de Flint.

Estaba claro: el tesoro había desaparecido.

Long John sabía que los hombres se iban a sublevar. Empezó a alejarse de ellos y me dio una de sus pistolas.

—Prepárate por si hay problemas —murmuró.

Mientras tanto, los hombres habían saltado a la fosa y habían empezado a buscar. Uno de ellos encontró una moneda de oro. La levantó, dijo varios insultos y se la pasó a los otros.

—¡Dos guineas! —rugió alguien—. ¿Es ese el tesoro? ¡Es todo por tu culpa, Silver!—. Los piratas furiosos salieron de la fosa y vinieron hacia nosotros, con las armas preparadas.

Justo entonces… ¡Pam pam pam! Se oyeron tres disparos de mosquete desde los arbustos que teníamos detrás. Dos de los piratas cayeron muertos. Los otros salieron corriendo.

El Dr. Livesey, Ben Gunn y un marinero leal llamado Abraham Gray salieron de los arbustos. Nos habían salvado la vida.

—Muchas gracias, doctor —exclamó Long John Silver—. Llegaron justo a tiempo. Y tú… —dijo mirando a Ben Gunn—, ¡tú eras el que cantabas en el bosque! ¡Conseguiste engañarme, Ben!

El Dr. Livesey sonrió a Ben. —Ben fue un héroe, desde el principio hasta el fin —dijo. El doctor nos contó que Ben había encontrado el tesoro meses antes de que llegara *La Española*. La azada rota que había en el fondo de la fosa era suya. Poco a poco, había llevado el tesoro a su escondite. El mapa del tesoro no valía para nada y eso ya lo sabía el Dr. Livesey cuando le dio el mapa a Long John.

Regresamos a la cueva de Ben para ver el tesoro con nuestros propios ojos. El capitán Smollett y el caballero Trelawney nos esperaban allí. La cueva era muy larga y ventilada y tenía un riachuelo de agua dulce con helechos verdes por encima. En una esquina, vi montones de monedas de oro brillantes y pilas de lingotes de oro pesados. Por fin habíamos encontrado nuestro tesoro.

Long John le dijo al capitán Smollett que estaba listo para volver a su trabajo a bordo de *La Española*.

—¡Ah! —dijo el capitán y no añadió nada más.

Esa noche lo celebramos con un gran festín. Yo estaba contento porque estaba con todos mis amigos una vez más y sabía que estábamos a salvo. Long John se sentó alejado del grupo, pero comió con ganas e incluso se unió a nuestras risas de vez en cuando. Había vuelto a ser el hombre amable y sonriente que yo había conocido al principio del viaje.

A la mañana siguiente, llevamos el tesoro a *La Española*. Había monedas de todas las partes del mundo, doblones y guineas y algunas piezas extrañas de Oriente. Me gustaba mucho ordenarlas.

Sabíamos que todavía había tres piratas en la isla y no podíamos arriesgarnos a llevarlos con nosotros y que se amotinaran. Les dejamos comida, herramientas, medicinas y pólvora para los mosquetes. Después embarcamos en nuestro barco, con Ben Gunn y Long John, y zarpamos rumbo a casa.

No puedo expresar la felicidad que sentí al ver cómo desaparecía de la vista la Isla del Tesoro.

Navegamos hasta el puerto más cercano de Sudamérica para reclutar más tripulación. Cuando volvimos a embarcar en *La Española*, Ben Gunn estaba solo en cubierta. Silver se había ido y se había llevado un saco con la parte que le correspondía del tesoro. Nos alegró deshacernos de él por un precio tan bajo.

Tuvimos una buena travesía de vuelta y a todos nos correspondió una buena parte del tesoro. Ben Gunn se gastó el dinero en pocas semanas, pero encontró trabajo y ahora sigue viviendo en el pueblo. Canta en el coro de la iglesia los domingos y los santorales.

No volví a oír de Long John, pero a veces sueño con la isla desierta y cuando me siento en la cama, puedo oír la voz del loro de Silver gritándome al oído.

—¡Piezas de a ocho! ¡Piezas de a ocho!

ROBINSON CRUSOE

Nací en 1632, en la ciudad inglesa de York. Mi padre quería que fuera abogado, pero a mí me interesaba mucho más la navegación. En cuanto fui lo suficientemente mayor, me embarqué en un barco rumbo a tierras lejanas.

Durante una época, mis aventuras en el mar me trajeron suerte y fortuna. Compraba mercancías en un puerto, las vendía en otro y ganaba mucho dinero. Incluso conseguí comprar una plantación de café en Brasil. Entonces, un día, mientras navegaba por la costa de Sudamérica, nuestro barco se vio atrapado en medio de una tempestad.

El viento desvió nuestro rumbo y cuando el capitán divisó tierra con su telescopio, no sabía dónde estábamos. Llevó el barco hacia tierra para buscar cobijo. Tocamos fondo en aguas poco profundas antes de llegar a la costa. El barco empezó a llenarse de agua y a hundirse. Con grandes esfuerzos, conseguimos desamarrar un bote.

Sin embargo, el mar estaba muy bravo y el bote volcó. Caímos al agua y empezamos a nadar. No sé cuánto tiempo permanecí en el agua, pero recuerdo que empezaba a anochecer cuando noté unas piedras bajo mis pies.

Por algún milagro, conseguí llegar a la costa. Salí del agua, tosiendo, y me arrastré por la arena.

Solo y perdido

Busqué por la playa desierta pero no vi rastro de mis compañeros. Entonces se me ocurrió algo espantoso: ¿qué pasaría si hubiera criaturas peligrosas y me quisieran atacar y despedazar? Tenía que encontrar un lugar seguro donde pasar la noche. Corrí por la playa en dirección a la jungla tropical. Trepé a un árbol y me quedé dormido encima de una rama muy grande.

Cuando me desperté, el sol brillaba. El viento había cesado y el mar estaba en calma. Para mi sorpresa, pude ver lo que había quedado de nuestro barco. El viento y la marea lo habían acercado a la costa y estaba encallado en la arena.

Llamé, esperando que alguno de mis compañeros contestara. Nadie lo hizo. Estaba solo. ¡Solo y perdido! No sabía si me encontraba en la costa de Sudamérica o perdido en una pequeña isla. Nadie se acercó a ver los restos del naufragio. Eso significaba que el lugar estaba desierto. No había ni una sola alma con quien compartir mis problemas.

Durante un tiempo permanecí sentado en una roca, sintiendo lástima de mí mismo. Después me dije: "Arriba ese ánimo. ¿No te das cuenta de la suerte que tienes? Todos tus compañeros de embarcación están muertos, pero tú sigues vivo. Si quieres sobrevivir hasta que pase algún barco, tendrás que echar mano a todas tus destrezas".

De nuevo a bordo

Mi primer objetivo era encontrar agua dulce. No había tomado ni una gota desde que entré en la jungla montañosa con flores de todas las formas y tamaños. Cuando encontré un arroyo de agua dulce, bebí durante un buen rato y me lavé la cara y las manos. Vi unos pájaros cerca comiendo unas frutas extrañas del tamaño de mis puños.

Arranqué una, la abrí con los dedos y comí la pulpa fresca. No sabía cómo se llamaba esa fruta, pero era deliciosa. Agarré más y las guardé en los bolsillos para más tarde. Después regresé a la costa.

Ahora la marea estaba baja y el barco naufragado parecía estar muy cerca. Sabía que podía llegar a nado. Caminé por el agua hasta donde hacía pie y después empecé a nadar hacia el barco.

Cuando levanté la vista, el casco del barco se alzaba ante mí. Pude ver una soga que colgaba de un lado y un nudo al alcance de mi mano. Lo agarré con ambas manos y subí. En cuanto pisé la cubierta me recibió un fuerte ladrido. Era Scully, el perro del barco, que había sobrevivido la tormenta. Por fin tenía un compañero. Lo abracé con fuerza y empecé a buscar cosas que me pudieran resultar útiles.

En la cocina del barco encontré pan y queso y carne seca de oveja cortada en tiras. También había un saco de trigo que el cocinero iba a moler para convertirlo en harina. Encontré el cuchillo del cocinero clavado en una rueda grande de queso.

En la despensa encontré una caja llena de herramientas de carpintería. También tomé un par de espadas, algunos mosquetes, un saco de arpillera y un barril de pólvora. Me resultaría útil para cazar.

En el camarote del capitán vi un saco de monedas de plata y una Biblia. Agarré el libro sagrado y las monedas, aunque no sabía para qué me serviría el dinero en una isla desierta.

Una vez que llevé todas las cosas a cubierta, tenía que pensar la manera de regresar sano y salvo a la costa. Había muchos tablones de madera flotando alrededor del barco. Los até con una soga para construir una balsa.

Entonces, puse con mucho cuidado todas mis provisiones en la balsa. Cuando subió la marea, subí a la balsa con el perro y esperé a que la corriente me llevara a tierra.

Mientras estaba sentado encima de la caja de herramientas de carpintero, sentí un golpe por detrás. El perro ladró y cuando me giré, vi un gato que había saltado desde el barco y había decidido venir con nosotros.

Mi pequeña familia estaba creciendo.

Mi hogar en la isla

Almorcé rápidamente y trepé a lo alto de la colina para ver dónde estaba. Mi nuevo hogar era una isla pequeña. No había casas, ni indicios de civilización, solo una jungla densa. Podía ver tierra, a lo lejos, al otro lado del mar, pero no sabía si era la costa de Sudamérica u otra isla más grande.

Al subir la colina, encontré el lugar perfecto para montar mi campamento. Era una zona de terreno plana, en medio de la colina, con vistas a la playa a la que yo había llegado. Desde allí podía observar el océano y si llegaba alguien, no me podría ver a no ser que yo quisiera. Mi pequeño trozo de tierra, mi nuevo hogar, estaba bien escondido entre los arbustos. Cerca había un riachuelo con agua dulce.

Corrí de vuelta a la costa y saqué todas las provisiones que había sacado del barco. Las puse a mí alrededor, en un círculo, con el perro sentado encima de la caja de herramientas de carpintero y el gato encima del barril de

pólvora, lamiéndose las patas. Era de noche y estaba cansado. Leí la Biblia durante un rato y le di gracias a Dios por las provisiones que me había enviado y por rescatarme de la tormenta. Después me dormí.

Durante los días siguientes, me aventuré al barco naufragado no menos de doce veces. Conseguí recuperar unas lonas fuertes y trozos de velas que se habían desgarrado durante la tormenta.

También encontré más herramientas y munición para mis armas, cubetas de madera, la piedra de amolar del cocinero, anzuelos e hilo de pescar y un telescopio medio roto. Regresé a mi antiguo camarote para recoger mi hamaca y encima de ella, encontré a otro gato. Lo agarré y lo llevé a la balsa.

El pobre animal tenía suerte de que lo hubiera encontrado. Esa misma noche, una gran tempestad destruyó el barco en mil pedazos.

Al día siguiente usé las telas para hacer una tienda de campaña y dentro colgué mi hamaca. Todavía no sabía si en la isla había bestias salvajes acechando en las colinas, listas para atacarme.

Así que decidí construir un muro de madera, una empalizada, alrededor de mi tienda. Para hacerlo, corté unos árboles y con la madera hice estacas que clavé en la tierra. Pronto tenía una pequeña fortaleza donde me sentía protegido. No tenía puerta. Hice una escalera de madera que tenía que levantar cada vez que entraba o salía de mi nueva casa.

También encontré una pequeña cueva en la colina que había detrás. Puse allí toda la pólvora que había sacado del barco para que no se mojara con la lluvia.

Si no llevaba un registro, pronto perdería la noción del tiempo. En el punto exacto donde había salido gateando del agua, clavé un poste de madera en la tierra. Ese iba a ser mi calendario. Todos los días hacía una muesca en el poste con mi cuchillo.

El tiempo pasa volando cuando tienes muchas cosas que hacer. Construí una silla y una mesa. Mi ropa estaba muy desgastada, así que hice ropa nueva con las velas. Cacé liebres salvajes para comer y con su piel hice más ropa. También construí una sombrilla muy grande para protegerme la cara del sol.

Sembré trigo con los granos que había encontrado en la despensa del cocinero y con el trigo hice harina. El primer bocado de pan, que horneé en un horno que yo mismo había construido, me supo a gloria.

Un día, encontré una cabra atrapada en una de mis trampas para conejos. Balaba tristemente y la solté. La cabra me siguió a casa, con sus cabritos trotando detrás. Desde ese día, nunca me faltó leche fresca e incluso aprendí a hacer queso.

Atrapé un loro al que llamé Poll. Le encantaba quitarme la comida de la mano, pero no conseguía que dijera ni media palabra.

Las muescas en el poste de madera aumentaban. Pasaron cinco años y mi piel había adquirido un tono castaño oscuro.

La canoa

Un día se me ocurrió construir una canoa. Podía llevarme al otro lado del mar, a la tierra que veía a lo lejos desde la cima de la colina.

Talé un cedro muy grande con mi hacha y empecé a vaciarlo. Era un trabajo muy duro. Tardé un mes en cortar el árbol y tres meses en vaciarlo, pero por fin lo conseguí. Ahora todo lo que tenía que hacer era arrastrarlo hasta el agua. Ahí fue cuando me di cuenta de mi grave error.

La canoa estaba demasiado lejos de la playa y era demasiado pesada para arrastrarla por el suelo de piedras. Pensé en cavar un canal hasta la costa, pero calculé que tardaría por lo menos doce años en terminarlo. Así que abandoné mi canoa y con ella, toda mi esperanza de salir de la isla. Esa noche, mientras preparaba la cena, me sentí más solo que nunca. Estaba sentado con mi comida cuando una voz aguda me hizo saltar.

—Pobre Robinson Crusoe. Pobre Robinson Crusoe. ¿Dónde estás, Robinson Crusoe?

Era Poll, el loro. Por fin hablaba, pero esas no eran las palabras que yo le había intentado enseñar. Entonces recordé que yo hablaba solo y decía esas cosas cuando me sentía triste por seguir atrapado en la isla. Poll me estaba copiando y el sonido de su voz me reconfortaba más de lo que nadie pudiera imaginar.

Visitantes

Un año después de abandonar mi canoa, empecé a construir un barco de vela mucho más pequeño. Me gustaba mucho navegar alrededor de mi pequeña isla y descubrir calas y playas nuevas, pero mi velero no me servía para cruzar el mar.

Un día, cuando caminaba hacia mi velero, vi una huella en la arena. Durante un momento pensé que era mía. Entonces noté que el pie que había hecho la huella era mucho más pequeño que el mío.

Había alguien más en la isla, alguien que había llegado sin que lo viera. ¿Quién sería el forastero? ¿En qué lugar de la isla se había escondido? ¿Sería amigo o un caníbal devorador de hombres?

Corrí a mi casa para buscar mi telescopio. Me aseguré de que el perro y las cabras no me siguieran y salí a explorar hasta el último rincón de la isla. Si tenía un visitante, quería saber quién era.

Esa tarde me alejé de mi pequeña fortaleza más de lo que había hecho nunca. En algunas partes de la isla, las colinas eran muy empinadas y hasta ese momento, no había tenido ningún motivo para treparlas. Ese día, cuando trepé a la cima de una de ellas, miré por el telescopio hacia el mar. Había un barco flotando entre las olas y una canoa con unas seis o siete personas dentro. Estaban muy lejos y no podía saber cuántas había exactamente. Se alejaban remando de mi isla, dándome la espalda.

Observé al barco hasta que desapareció en la distancia. Noté un olor a humo que venía de la playa. Fui corriendo y vi los restos de una hoguera en la arena. Cuando me acerqué, me quedé paralizado del horror. Entre las cenizas de la hoguera y las brasas había cráneos y huesos humanos esparcidos por todas partes.

La imagen de los huesos quemados me dejó la sangre helada. Había oído hablar de los caníbales. Sabía que eran peligrosos y no estaba dispuesto a dejar que me atraparan.

Volví a casa y decidí que esa noche cocinaría con carbón en lugar de madera. El carbón hace menos humo y no quería que lo vieran los caníbales. Busqué madera para hacer carbón y encontré la boca de un túnel, escondida entre unos arbustos al pie de la colina.

Conseguí arrastrarme adentro y descubrí que daba a una cueva subterránea increíble. Las paredes y el techo estaban llenas de estalactitas que brillaban como joyas de colores bajo la luz de la vela que llevaba en la mano.

Era un escondite perfecto para mis armas y la munición. Allí también podría dormir si los caníbales regresaban. Una vez que me metiera en el túnel, podía bloquear la entrada con una roca fácilmente.

Un rescate arriesgado

Pasaron varios años y los caníbales no volvieron a aparecer. Mi perro Scully y los gatos murieron de viejos. Mi loro Poll también murió y me dediqué a atrapar y adiestrar otros pájaros para que me hicieran compañía, además de mi rebaño de cabras. Si no fuera por los caníbales, creo que habría sido bastante feliz en mi pequeño paraíso durante el resto de mi vida.

Entonces, un día, vi una voluta de humo que subía entre los árboles a unas dos millas de la costa. Casi se me para el corazón. ¿Serían otra vez los caníbales?

Agarré mi telescopio y un mosquete y me acerqué cautelosamente a la costa. Me detuve por encima del riachuelo donde solía ir a pescar. Al otro lado, vi no menos de treinta hombres bailando alrededor de una hoguera. En la arena había dos canoas. Cerca de ellos, había dos hombres atados a un árbol.

Tres de los hombres que estaban bailando se acercaron al árbol y, con un grito muy fuerte, cortaron las sogas de los prisioneros. A uno le dieron un golpe en la cabeza con un garrote. El otro, al verse libre, gritó y huyó corriendo hacia el riachuelo.

Tres de los caníbales que estaban cerca del fuego agarraron sus arcos y sus flechas y salieron detrás de él. Al llegar al agua, dos de ellos se metieron en el riachuelo para seguir al fugitivo, con sus arcos colgados al hombro.

Rápidamente, salí de mi escondite y después de esperar a que el prisionero que se había escapado saliera del agua, corrí hacia los hombres que le perseguían. Al primero lo golpeé con el extremo de mi telescopio y salió rodando hacia el río. Sin embargo, el segundo me vio y saltó hacia la playa.

Se llevó la mano al hombro para buscar su arco. Sabía que quería dispararme, así que saqué mi mosquete y le disparé.

El ruido del disparo hizo que el fugitivo se quedara paralizado de miedo. Miraba horrorizado mi mosquete. Le di unas palmaditas en el hombro y sonreí para que supiera que era su amigo.

—Tenemos que irnos si no quieres que te vuelvan a capturar —le dije.

Me di media vuelta y salí corriendo entre los árboles. El hombre me siguió, sobre todo porque los caníbales de la playa ya corrían hacia nosotros.

En poco tiempo conseguimos ponernos a salvo en mi escondite. El hombre se puso de rodillas delante de mí. Puso mi pie encima de su cabeza para mostrarme que ahora yo era su jefe.

—Venga, levántate —le dije poniéndolo de pie—. Necesito un amigo, no un esclavo. Me llamo Robinson Crusoe. ¿Y tú?

El hombre no pareció entenderme.

—Hoy es viernes —dije—. Es tu día de suerte. Creo que te llamaré Viernes.

Viernes

Al día siguiente, Viernes y yo regresamos a ver si los caníbales se habían ido. No había rastro de ellos ni de sus canoas. Sin embargo, todavía se veían los restos de la hoguera y la playa estaba llena de huesos.

—¿No es horrible? —le dije a Viernes, pero a él no le impresionaban los restos humanos. Me imaginé que él también había comido carne humana en el pasado.

Estaba decidido a educar a mi nuevo amigo, así que asé una cabra en el fuego y le ofrecí un poco de carne y pan para que comiera. Sus ojos brillaron al probarlo.

—Cabra, buena —dije.

—Cabra, buena —repitió.

Me pellizqué el brazo.

—Carne de hombre, no buena.

—Carne de hombre, no buena —repitió Viernes.

Aun así, sabía que todavía no podía fiarme de mi nuevo amigo. Le construí una tienda para que durmiera por fuera de mi empalizada.

Así fue cómo empezó una de las épocas más felices de mi vida. Me propuse enseñar a Viernes a hablar inglés. Le enseñé a sembrar cosechas y a adiestrar pájaros. También le hablé de Dios. Muy pronto supe que no debía preocuparme. Viernes no pensaba hacerme daño. Era leal y digno de confianza, y el mejor amigo que había tenido. Aprendió suficiente inglés y conversábamos hasta bien entrada la noche.

Un día le dije: —¿No quieres volver a tu país?

—Sí —me contestó—, pero solo si usted viene conmigo, señor.

Después de cenar, le mostré la canoa que había construido unos años atrás. La madera se había partido con los años y estaba podrida.

—¿Crees que podríamos atravesar el mar y llegar a tu país en un barco como este? —pregunté.

—Sí —dijo Viernes. Al día siguiente comenzamos a construir otra canoa, esta vez más cerca de la costa. Dejé que Viernes eligiera el árbol ya que sabía mucho más de navegación que yo. Una vez que talamos el árbol, lo vaciamos con la vieja hacha que había sacado del barco. Hice un mástil y una vela con la tela vieja. Viernes talló un remo, que nos resultaría muy útil si nos quedábamos sin viento en el mar. Después de varios meses, por fin la terminamos.

Yo ya llevaba en la isla veintisiete años. Estaba tan acostumbrado a vivir allí que la idea de irme casi me asustaba. Aun así, cuando terminamos la canoa, empezamos a empacar las provisiones y herramientas que queríamos llevar.

Una mañana, le dije a Viernes que fuera a la playa y buscara huevos de tortuga para llevarlos de provisiones. Volvió temblando.

—Han vuelto los hombres a la playa.

El prisionero blanco

Le di el hacha, yo agarré mis mosquetas, espadas y el telescopio y corrimos hasta el lugar donde yo había visto a Viernes por primera vez. En esta ocasión, había veintiún caníbales cerca del riachuelo. Habían llegado en dos canoas que habían amarrado con sogas al tocón de un árbol cerca del agua. Tenían a un prisionero arrodillado en la arena. Era blanco, como yo. ¡Un europeo! Tenía las manos atadas detrás de la espalda y las piernas amarradas por los tobillos.

—Sígueme —le susurré a Viernes, cerrando el telescopio.

Nos arrastramos hasta la playa donde los caníbales estaban haciendo una hoguera. Escondidos detrás de un arbusto, le di a Viernes una de las mosquetas.

—Espero que sepas usarla —dije—. Ya me has visto disparar muchas veces.

—Lo haré lo mejor que pueda —susurró Viernes.

—Bien. Apunta a los hombres de la derecha y yo apuntaré a los de la izquierda.

Ambos disparamos a la vez y cinco de los caníbales cayeron al suelo. El resto se puso de pie y al no poder ver lo que había matado a sus compañeros, salieron corriendo en estado de pánico.

—Esta es nuestra oportunidad. Ve por el prisionero —le susurré a Viernes. Los dos corrimos hacia el pobre hombre. Saqué mi cuchillo y corté las sogas que ataban sus manos. Después le solté los pies.

—¿Tienes fuerzas para ayudarnos? —le pregunté en portugués.

Él me entendió y asintió. Le puse una espada en las manos. Mientras tanto, Viernes seguía disparando a los otros caníbales que corrían hacia sus canoas.

Los tres corrimos detrás de los caníbales y, antes de que pudieran meter las canoas en el agua, disparamos a dos más. Los otros salieron en una de las canoas, gritando, con los ojos abiertos de miedo.

Viernes estaba a punto de subirse a la otra canoa, pero se detuvo de repente. Dentro había otro prisionero. No lo habíamos visto antes porque estaba tumbado, atado de pies y manos.

Viernes lo ayudó a ponerse de pie y le cortó las sogas. Cuando Viernes se giró hacia mí, le corrían lágrimas por las mejillas.

—Señor —dijo—, me gustaría presentarle a mi padre.

Un plan de rescate

Al padre de Viernes y al hombre blanco, que resultó ser un marino español, los habían capturado los caníbales el mismo día. El barco español había encallado en la arena durante una tormenta. La tripulación se había quedado atrapada en la costa y no podía regresar.

Mientras giraba la carne en el asador para dar de comer a nuestros visitantes, se me ocurrió una idea.

—Señor, ¿qué le parece si intentamos traer a sus compañeros a la isla? —le dije al español—. Hay suficiente leña para construir un barco. Podríamos navegar y regresar a casa.

—Es una idea excelente —dijo el marino español—. En el barco había dos carpinteros y uno de ellos sobrevivió el temporal. Seguro que lo conseguiríamos. Podríamos navegar hasta América del Norte.

El padre de Viernes también estaba deseando regresar al continente. Su gente nos ayudaría a construir el barco. Los caníbales habían dejado atrás una de sus canoas y el español y el padre de Viernes se subieron a ella. Viernes talló nuevos remos y les dimos suficiente comida y agua para el viaje.

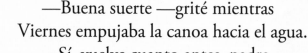

—Buena suerte —grité mientras Viernes empujaba la canoa hacia el agua.

—Sí, vuelve cuanto antes, padre —dijo Viernes—. Estaremos vigilando desde nuestro escondite.

Barco a la vista, por fin

Pasó una semana sin tener noticias del padre de Viernes o del español, pero al octavo día, Viernes entró en nuestra guarida emocionado.

—Señor, están aquí. Están aquí.

Corrimos a la cima de la colina. Sin embargo, lo que vi con el telescopio no era la canoa en la que se habían ido el padre de Viernes y el español. Tampoco eran los compañeros de tripulación del español. Era un barco mercante con tres mástiles y una bandera inglesa. Casi me desmayo de la alegría. Después de veintisiete años, iba a reunirme de nuevo con gente de mi país.

Desde el barco, bajaron un pequeño bote al agua y remaron hacia la costa. Conté once hombres en el bote. Pero de pronto, noté algo peculiar. Tres de ellos llevaban las manos atadas detrás de la espalda y los otros los observaban muy de cerca.

Nos arrastramos hasta el riachuelo y observamos cómo llegaba el barco a la costa. Los captores ataron entre risas y burlas a los prisioneros debajo de un árbol. Los trataban a golpes.

—¿Crees que aquí habrá agua dulce? —oí que decía uno de los captores—. Tengo la garganta seca.

Los hombres comprobaron que sus prisioneros estaban bien amarrados y se dirigieron a la jungla. Esa era mi oportunidad de salvar a los pobres desafortunados. Esperé a que los navegantes desaparecieran y entonces, me levanté y corrí a la playa.

—Buenos días, caballeros —les dije a los prisioneros. Se quedaron con la boca abierta al verme, vestido con pieles y con Viernes detrás.

—Parece que tienen problemas —añadí—. ¿Podemos ayudarlos?

Los hombres estaban demasiado sorprendidos para hablar y asintieron. Yo saqué mi cuchillo y los liberé rápidamente. Se pusieron de pie, frotándose las heridas que les había dejado la soga en las muñecas.

—¿Y con quién tengo el placer de hablar? —me preguntó uno que iba vestido con ropa más fina que los otros dos.

—Me llamo Robinson Crusoe —contesté—. Soy inglés. Llevo en esta isla veintisiete años.

—Yo soy el capitán de ese barco que ve ahí —dijo el hombre—. Estos son mi primer oficial y un pasajero de pago. Esos canallas que nos trajeron aquí eran parte de mi tripulación, pero se amotinaron y se hicieron al mando de mi barco. Nos trajeron aquí para abandonarnos y dejarnos morir.

—¿Hay alguien a bordo que esté de su lado? —le pregunté al capitán.

—Sí, hay tres o cuatro hombres que tenían demasiado miedo para luchar por mí, pero seguro que lo harían si creyeran que tienen una oportunidad de ganar —contestó el capitán—. Dos de ellos están ahora en la isla.

—Entonces, vamos a intentar recuperar el control de su barco —dije.

Una emboscada

Viernes nos dijo que los rebeldes estaban cerca del riachuelo, comiendo fruta.

Les di armas al capitán y a los otros dos. Viernes nos llevó al lugar donde había visto a los villanos. Seguían comiendo y los podríamos sorprender sin problemas.

Durante la emboscada, matamos a dos de ellos. Conseguimos atar a los otros y llevarlos a la cueva. Entonces oímos el ruido de un cañón que venía del barco mercante. Miré por el telescopio y vi que los hombres del barco habían izado la bandera roja.

—Se están preguntando por qué no han vuelto sus amigos —dijo el capitán.

En ese momento, un segundo bote con unos diez hombres se acercó remando a la playa. El capitán agarró el telescopio.

—Ahí está Will Atkins, el líder del motín —dijo—. De los otros, tres siguen siendo leales a mí. El resto me temo que también son criminales. Va a ser imposible recuperar el control del barco. Debe de haber unos veintiséis hombres más a bordo.

—Nosotros somos cinco y dos más de los que nos podemos fiar en la cueva —dijo—. Eso suma siete, más los tres que dice que son leales a usted y se acercan remando. Somos diez en total. Pronto se hará de noche. Estos hombres están en terreno desconocido, pero Viernes y yo conocemos la isla como la palma de nuestra mano. Tengo un plan.

Recuperar el barco

Cuando el segundo bote llegó a la isla y los hombres se bajaron, nuestro pequeño grupo se adentró de nuevo en la jungla. Gritamos como si fuéramos el primer grupo de rebeldes, para confundir a nuestros enemigos.

—Estamos aquí. No, aquí. ¿Cómo cruzamos el río? ¡Estoy atrapado! ¡Ayuda! ¡Socorro!

El truco funcionó y los hombres salieron en distintas direcciones. En poco tiempo, mis hombres y yo encontramos a dos de los villanos. Uno cayó bajo mi espada. El otro rogó: —No me mate, se lo ruego.

Viernes y el capitán capturaron y ataron a tres más.

Cuando se hizo de noche, los villanos estaban confundidos y se llamaban unos a otros.

—Vuelvan al bote si pueden —dijo una voz.

—Ese debe de ser Will Atkins —susurró el primer oficial—. Es peligroso. Debemos tener cuidado.

Los cinco amotinados que quedaban consiguieron llegar al bote que estaba en la playa.

En la oscuridad, nos arrastramos por la arena y cuando estábamos cerca de los villanos, empezamos a dar gritos salvajes. Estaban tan asustados que la mayoría soltó sus armas. Will Atkins cayó de rodillas y rogó clemencia.

Algunos de los hombres, se entregaron.

—Estamos con usted —dijeron.

Atamos a Will Atkins y al resto de los rebeldes y los arrastramos hasta la cueva con los otros prisioneros.

—Ahora viene la segunda parte de mi plan —le dije al capitán—. Usted y los que siguen siendo leales a usted deben regresar al barco. Sorprenderán a los villanos que estén en el barco y los vencerán—. Les expliqué exactamente lo que tenían que hacer.

Empujamos los botes y los hombres remaron al barco. La luna había salido y podíamos ver por dónde iban.

El capitán del barco llegó a su embarcación. Uno de los hombres pretendió ser uno de los amotinados y llamó a dos que hacían guardia en el barco.

—Hemos rescatado a los que estaban en la isla.

Les lanzaron una soga y el capitán subió a bordo. El capitán le dio un golpe al primer hombre, el carpintero del barco, con la culata de su mosquete. El primer oficial ahorcó al otro centinela antes de que pudiera gritar.

Subieron más hombres de los botes y cerraron las escotillas del barco para atrapar a la tripulación que había dentro.

El capitán fue al camarote principal donde dormía el líder de los amotinados que seguía a bordo, protegido por dos de sus hombres y un grumete. El primer oficial rompió la puerta con un hacha. A los que estaban dentro les pilló desprevenidos y no pudieron defenderse.

Un poco más tarde, oí el ruido de seis cañonazos. Era una señal del capitán. Habían recuperado el control del barco. Esperé en la costa hasta que llegó un bote de remos. El capitán me enviaba regalos, un pastel y vino, delicias que no había probado en casi veintiocho años.

Disfrutamos del festín hasta altas horas de la madrugada. Mis nuevos amigos bailaban y tocaban música.

Cuando salió el sol, me acerqué a Viernes. Por fin había llegado el momento de abandonar la isla y quería saber cuáles eran sus planes. Viernes decidió que quería venir conmigo. Viajaríamos a Inglaterra y después nos iríamos a mi plantación de Brasil.

Mientras nos alejábamos de mi pequeña isla, me giré para mirarla por última vez. Los amotinados estaban en la costa, mirando a los que estábamos en cubierta. El capitán quería colgarlos, pero le convencí de que los abandonara en la isla. Les dejé mis herramientas y mi tienda, así como mi rebaño de cabras y mis mascotas. Lo único que no les dije era dónde estaba mi cueva secreta con la munición. Sabía que pronto la encontrarían. Viernes se acercó a mi lado.

—¿Le dijiste adiós a tu hogar? —pregunté.

—Sí, señor —contestó—. En nuestra pequeña isla vivimos aventuras increíbles. Quién sabe qué nuevas aventuras nos esperan en el ancho mundo.

20,000 LEGUAS DE VIAJE SUBMARINO

Soy Pierre Aronnax, un científico francés, profesor adjunto de biología marina del Museo de Historia Natural de París. En 1866, empezó a correr el rumor entre los navegantes de muchos países que un monstruo marino inmenso y extraño acechaba en el mar. Era más grande que una ballena. Algunos decían que medía una milla de largo. También era muy rápido. ¡A veces brillaba! Se chocaba contra los barcos causando grandes destrozos. ¿Era una criatura marina terrible o una máquina enorme hecha por el hombre? ¡Nadie lo sabía!

La primera vez que oí hablar de ese animal misterioso fue en abril de 1867, cuando embistió a un trasatlántico británico, rompiendo su casco y poniendo muchas vidas en peligro. A partir de entonces, gente de todo el mundo quería encontrar y destruir al monstruo.

Yo estaba en Nueva York cuando el gobierno de EE. UU. decidió enviar una expedición para encontrar al monstruo y, gracias a mis conocimientos, me invitaron a ir con ellos. Por fin podría confirmar que se trataba de un narval gigante con un colmillo enorme con el que podía atravesar el casco de un barco.

Así, en julio de 1867, me embarqué en la fragata *Abraham Lincoln* junto con mi valiente y leal sirviente, Conseil. Nos recibió el capitán Farragut. —Bienvenido, Profesor —dijo—. Su camarote está listo.

El capitán Farragut y su tripulación estaban ansiosos por atrapar al monstruo, clavarle un arpón y subirlo a bordo.

El mejor arponero del barco era Ned Land, un canadiense alto y valiente. Tenía muy buena puntería. Éramos muy afortunados de tenerlo con nosotros.

Navegamos hasta Sudamérica, rodeamos el Cabo de Hornos y nos dirigimos al norte por el Pacífico. Pasaron semanas sin rastro del monstruo.

Después de tres largos meses en el mar, hasta los miembros más entusiastas de la tripulación estaban decepcionados. El capitán Farragut anunció que si no lo veíamos en los siguientes tres días, regresaríamos a casa.

Al tercer día por la noche, Conseil y yo estábamos hablando en cubierta cuando oímos a Ned Land gritar:

—¡Allí! ¡Se acerca!

A poca distancia del barco, vimos un brillo misterioso bajo la superficie del agua. ¡Era el monstruo! ¡Por fin! Se quedó cerca de nosotros toda la noche. Al amanecer, el *Abraham Lincoln* le dio caza.

Lo perseguimos con furia, con Ned Land listo para lanzar el arpón. ¡Fue una gran persecución! Disparamos nuestras pistolas, pero las balas rebotaban. —¡Ese animal debe tener placas de hierro de seis pulgadas! —exclamó el capitán. Lo seguimos durante todo el día, hasta bien entrada la noche. Finalmente, se detuvo y permaneció quieto. Parecía estar agotado.

La isla flotante

El capitán Farragut dio la orden de avanzar lentamente y en silencio. Cuando estábamos a unos veinte pies de la criatura, Ned Land disparó su arpón. Se oyó un ruido muy fuerte, como si su arma hubiera chocado contra un metal duro.

De pronto, cayeron en cubierta dos inmensos torrentes de agua, derribando a los hombres. ¡Yo me caí al agua! Intenté nadar hacia el barco gritando desesperadamente para que me ayudaran, pero tragué agua y empecé a hundirme.

Alguien me agarró. Era Conseil, mi fiel sirviente.

—Apóyese en mí —dijo—. Lo ayudaré a nadar.

Me dijo que la escalera del *Abraham Lincoln* se había roto. Le rogué a Conseil que me abandonara y salvara su propia vida, pero él se negó. Pidió ayuda y, milagrosamente, alguien contestó.

Era Ned Land. Había conseguido sobrevivir agarrándose a una isla flotante. Fuimos hacia él y vimos que la isla era en realidad el monstruo. ¡Estaba hecho de placas de metal! No se trataba de un monstruo viviente sino de una embarcación hecha por el hombre, una especie de submarino. Pasamos la noche temblando, agarrados a la nave. Al poco tiempo del amanecer, una de las placas de hierro se abrió y apareció un hombre. Naturalmente, se sorprendió al vernos y desapareció. Unos segundos más tarde, salieron ocho hombres y nos llevaron adentro.

Cautivos

Nos encerraron en una habitación tan oscura que no podíamos vernos ni las manos. La isla flotante ahora era nuestra prisión flotante.

Una hora más tarde, la habitación se llenó de luz y aparecieron dos hombres. Hablaban un idioma que no podíamos entender. Ellos tampoco entendían ninguna de nuestras lenguas: francés, inglés, alemán, ni latín, así que se fueron.

Momentos después, la puerta se volvió a abrir y entró un sirviente. Nos trajo ropas como las que llevaban los hombres que habíamos visto: túnicas y pantalones hechos de un material extraño. Luego regresó con comida en platos tapados. Era pescado de distintos tipos. Algunos no los reconocía.

Después de cenar nos quedamos dormidos. Yo fui el primero en despertar, pero no sabía cuánto tiempo llevaba dormido. Me pregunté cuánto más resistiríamos en ese lugar cerrado bajo el agua. ¡De pronto noté la brisa marina! La embarcación había salido a la superficie, como una ballena cuando sale a respirar aire fresco.

Mis compañeros ahora estaban despiertos. Ned todavía tenía hambre. No le gustaba estar encerrado y quería escapar. Cuando llegó un marinero a nuestra habitación, Ned lo atacó y lo inmovilizó en el piso.

Yo estaba a punto de rescatar al pobre hombre cuando, para mi sorpresa, dijo en un francés perfecto: —Cálmese, Sr. Land, y usted, Profesor, escúcheme.

El capitán Nemo

Era el comandante de la embarcación. Se presentó como el capitán Nemo.

—Circunstancias desagradables les han traído a mi presencia —dijo irritado—. El *Abraham Lincoln* me atacó, por lo tanto tengo derecho a tratarlos como enemigos. Podría ahogarlos en el agua y olvidarme de su existencia, ¿no creen?

—Seguro que no es necesario —respondí—. Hablemos como personas civilizadas.

—¡Yo no soy una persona civilizada! Tengo mis razones por haber abandonado la sociedad humana —declaró el capitán Nemo—. No tengo que obedecer sus leyes. En el *Nautilus*, yo impongo mis propias leyes.

Nemo accedió a dejarnos en libertad dentro de su embarcación, siempre y cuando permaneciéramos encerrados en nuestro camarote cuando nos lo pidieran y prometiéramos no escapar.

Ned Land estaba furioso y se negó a prometerlo. Sin embargo, yo no pensaba como él. Nemo había encontrado mi punto débil. Esta era una gran oportunidad para estudiar la vida submarina y descubrir muchas cosas maravillosas. ¿Cómo me iba a resistir?

El capitán Nemo me invitó a desayunar con él. En la mesa había una gran variedad de pescado.

—El mar me da todo lo que necesito —dijo Nemo al verme tan sorprendido.

Un recorrido por el Nautilus

Después de desayunar, el capitán Nemo me mostró la embarcación. Empezamos por la biblioteca. Había estanterías altas con miles de libros sobre todos los temas imaginables.

Después fuimos a una amplia sala con cuadros en las paredes de los maestros más grandes de todo el mundo. También había un órgano con partituras. En medio de la sala había una fuente preciosa con forma de caracola gigante. A su alrededor había vitrinas de cristal con extraños especímenes marinos: esponjas suaves de Siria, corales increíbles, estrellas de mar, caracolas delicadas y frágiles, como una bivalva blanca, y perlas de belleza y colores extraordinarios, por nombrar algunos.

—Las encontré yo —me dijo Nemo—. He visitado todos los mares del mundo.

El capitán me llevó a su camarote en el que tenía los instrumentos para tripular el *Nautilus* y controlar su sistema único de navegación.

Nemo también me mostró una plataforma donde podía subir un hombre a respirar aire fresco cuando la embarcación salía a la superficie.

Visitamos la cocina, que tenía un equipo para transformar el agua salada en agua dulce. También había un baño con agua fría y caliente.

Nemo contestó pacientemente todas mis preguntas sobre el *Nautilus*, pero no habló de sus asuntos personales. Había creado su propio mundo, con todo lo que quería o necesitaba. Yo me pregunté por qué.

El capitán Nemo me explicó con detalle cómo funcionaba el *Nautilus*.

—Mis secretos están a salvo —dijo—. Al fin y al cabo, nunca saldrá de este barco.

En su camarote, me mostró unos planos del *Nautilus* y su funcionamiento. Había mandado hacer las piezas del barco en distintos lugares del mundo y las había montado en una isla desierta.

—Debe de ser muy rico —comenté.

—Sí —dijo en voz baja—. Tengo más dinero del que pueda imaginarse.

No sonaba orgulloso ni contento. Estaba claro que la riqueza no le hacía feliz.

Nemo me pidió que lo acompañara a la plataforma para observar el Pacífico del norte. El mar estaba en calma, el cielo despejado y soplaba una ligera brisa. No había tierra a la vista.

—Hoy, al mediodía, comenzará nuestra expedición submarina —me dijo Nemo.

Después me reuní con Ned y Conseil que estaban observando el colorido fondo submarino por una ventana enorme. ¡La vista era espectacular!

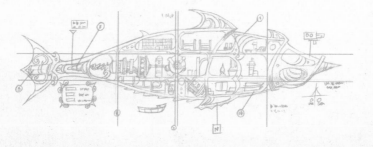

Una cacería submarina

Quería desesperadamente saber más cosas sobre Nemo. ¿De dónde era? ¿Por qué le molestaba tanto la sociedad? Sabía que no pensaba decirme nada más. Nadie lo vio durante la semana siguiente.

Un día, volví a mi camarote y encontré una carta en la mesa. El capitán Nemo nos invitaba, a mí, a Conseil y a Ned a cazar en los bosques de la isla Crespo.

Ned estaba emocionado porque iba a cazar y pensaba que, una vez en tierra, podría escapar. Cuando se enteró de que era un bosque submarino, se negó a ir. Conseil y yo estábamos deseando participar.

Nos dieron unos cascos con forma de globo, ropa impermeable y botas de goma. Nos ataron a la espalda unos tanques para poder respirar debajo del agua y nos dieron linternas y pistolas para defendernos.

Pensé que no íbamos a poder movernos con toda esa ropa y el equipo tan pesado, pero en cuanto salimos al agua, nos podíamos desplazar sin hacer apenas esfuerzo. El agua nos quitaba el peso del equipo y podíamos caminar fácilmente por el fondo del mar.

La fina arena que teníamos bajo los pies reflejaba la luz del sol, incluso a treinta pies de profundidad. Mientras avanzábamos hacia el bosque vimos un arcoíris de colores. Había plantas, rocas, corales y animales marinos de todos los tipos. Era un festín para la vista. Conseil y yo estábamos maravillados.

Caminamos durante hora y media, cada vez
más profundamente. De pronto, Nemo se detuvo
y señaló.

—Ahí tienen el bosque de la isla Crespo —dijo.

El bosque estaba formado por grandes plantas con
forma de árboles y el suelo estaba cubierto de algas.
¡Había tanto que explorar y estudiar!

Después de varias horas examinando las plantas,
me senté para descansar y me quedé dormido. Cuando
desperté, me quedé horrorizado al ver que tenía delante
una inmensa araña marina, de varios pies de altura, lista
para atacarme. Por suerte, apareció Nemo y disparó a la
fiera con su rifle. El fondo marino era fascinante, pero
estaba lleno de peligros.

Al cabo de varias horas emprendimos el regreso a
la nave. Por el camino, Nemo disparó a dos criaturas
magníficas: una nutria marina, cuyo pelaje brillante
debía de ser muy valioso, y un pájaro grande llamado
albatros que volaba por encima del agua. Vimos peces
cazones que podían habernos triturado con sus horribles
mandíbulas. Afortunadamente, tenían muy mala vista y
pasaron de largo.

Llegamos sanos y salvos al *Nautilus*.
Yo estaba agotado y lo único que
quería hacer era comer y dormir. Sabía
que iba a soñar con las maravillas que
había visto ese día.

Atrapados en un arrecife

Pasaron muchas semanas. Atravesamos pasadizos rocosos entre islas inhabitadas y vimos restos de varios naufragios. Una mañana descubrí que estábamos llegando al estrecho de Torres que da al océano Índico.

Sabía que era muy peligroso atravesar el estrecho y, efectivamente, el *Nautilus* chocó contra un arrecife de coral y nos quedamos atorados. La marea tardaría varios días en subir y llevarnos a flote, así que el capitán Nemo sugirió que Ned, Conseil y yo fuéramos remando a la isla cercana de Papúa Nueva Guinea para explorarla.

Ned estaba entusiasmado.

—¡Esta es nuestra oportunidad de escapar! —exclamó.

Personalmente, yo no quería escaparme para terminar en una selva de la que apenas sabía nada, pero los tres estábamos deseando pisar tierra.

Ned quería cazar.

—Estoy deseando comer carne o algo que no venga del mar —dijo.

Así que a la mañana siguiente, desamarraron el bote y remamos dos millas hacia la isla.

¡Qué felices estábamos de volver a pisar tierra! Encontramos árboles frutales y recogimos todos los cocos, piñas, plátanos y mangos que pudimos. Comimos un poco de fruta y por la noche llevamos el resto al *Nautilus*.

Aventura en la isla

Al día siguiente, los tres regresamos a la isla. Esta vez para cazar. Cazamos pájaros, jabalíes y un canguro arborícola y cenamos carne asada y jugo dulce de fruta. ¡Qué festín!

Mientras comíamos, cayó una piedra cerca. Después, cayó otra y le arrebató a Conseil la paloma asada que tenía en la mano.

¡Nos estaban atacando!

Corrimos al bote bajo una lluvia de flechas. Empezamos a remar hacia el *Nautilus* y vimos que los papúes nos perseguían en sus canoas.

Nos salvamos por poco.

Cuando le conté a Nemo que nos habían atacado los nativos, dijo que no debía tener miedo.

—Aunque vengan todos los nativos de Papúa a la costa, en el *Nautilus* estamos a salvo —dijo.

Yo no estaba tan seguro, pero al día siguiente comprendí por qué Nemo había dicho eso. Los papúes volvieron y uno intentó agarrarse a la barandilla de la escalera del *Nautilus*. De pronto, una fuerza invisible hizo que saliera disparado hacia atrás. No era una barandilla, ¡era un cable eléctrico! Los papúes sabían que no podían subir a la embarcación y decidieron irse. La marea subió lo suficiente para elevar al *Nautilus* y sacarlo del arrecife de coral. Nuestra aventura en la isla había terminado.

Un cementerio submarino

Continuamos nuestra travesía por el océano Índico. Un día, el capitán Nemo nos dijo a Ned, a Conseil y a mí que debíamos permanecer todo el día encerrados en nuestro camarote. No nos explicó por qué.

A la mañana siguiente, Nemo me preguntó si sabía algo de medicina. Le dije que sí y me llevó a un camarote de la tripulación donde había un hombre herido. Tenía la cabeza vendada. Le quité las vendas con mucho cuidado.

Su herida era muy grave. Parecía que le había golpeado un objeto pesado en el cráneo y se lo había fracturado. Tenía los ojos desorbitados y el pulso débil.

—Me temo que no puedo hacer nada —le dije a Nemo—. Le quedan pocas horas.

Para mi sorpresa, a Nemo se le llenaron los ojos de lágrimas y se fue. Durante todo el día, no pude dejar de pensar en el hombre que estaba a punto de morir.

A la mañana siguiente, Nemo nos pidió que nos pusiéramos el traje de bucear y lo acompañáramos con algunos miembros de la tripulación. Salimos a un paraíso de coral, con una alfombra de flores bajo nuestros pies.

Llegamos a un espacio abierto rodeado de altos árboles submarinos. Un miembro de la tripulación empezó a cavar un agujero. Era evidentemente un cementerio. Habíamos ido a enterrar al hombre que había visto el día anterior.

—Aquí los muertos descansan en paz —le comenté al capitán Nemo— y están a salvo de los tiburones.

—Sí —contestó Nemo—, de los tiburones y de los hombres.

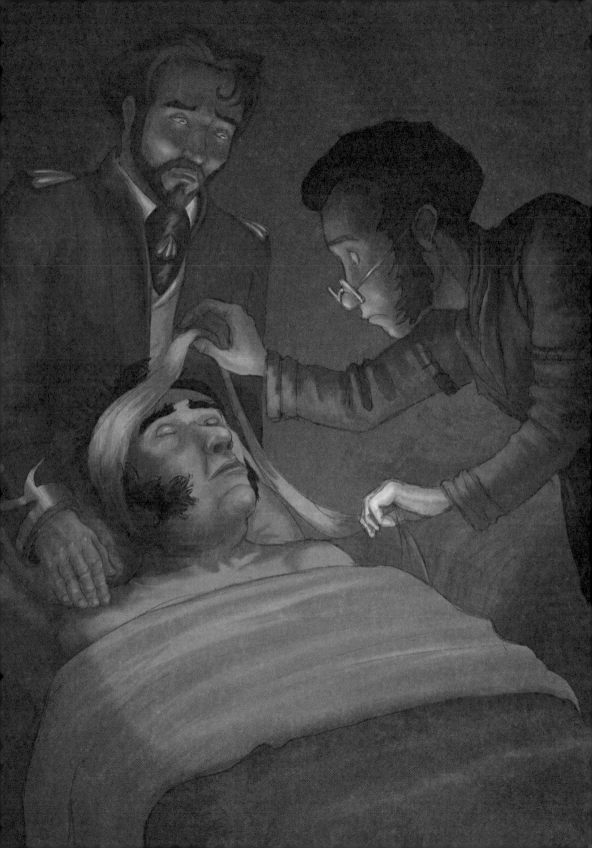

Una maravilla de la naturaleza

A finales de enero, nos acercamos a la isla de Ceilán, famosa por sus perlas. El capitán Nemo nos dijo que podríamos ir a verlas y estábamos emocionados. Sabíamos que en esas aguas había tiburones, pero eso no nos iba a detener.

A la mañana siguiente, nada más amanecer, nos pusimos nuestros trajes de bucear y salimos con Nemo. Pronto llegamos al lugar donde estaban las ostras con perlas. Había cientos de ellas en las rocas, algunas medían más de cinco pulgadas de ancho. Sabía que las viejas eran de mayor tamaño y sus perlas también eran más grandes.

El capitán Nemo parecía conocer el camino. Le seguimos por una bajada empinada. De pronto, una inmensa gruta se abrió delante de nosotros. En el centro, había una ostra de proporciones gigantescas. Dentro del caparazón medio abierto de la criatura ¡vi el brillo de una perla grande como un coco! Me acerqué a tocarla, pero Nemo me detuvo.

—Llevo muchos años viniendo aquí —me dijo—. Soy el único que conoce esta criatura. Cada año su perla es más grande y cuando llegue el momento apropiado, la añadiré a mi colección.

Después de admirar esa maravilla de la naturaleza durante un buen rato, el capitán Nemo salió de la gruta y todos lo seguimos.

168

¡Ataque de tiburón!

Cuando regresábamos al *Nautilus*, vimos a un nadador que buscaba perlas y nos detuvimos a observarlo. Era claramente muy pobre. Llevaba un pequeño saco donde metía las perlas y una piedra atada al pie para poder descender. Cada vez que se metía en el agua ponía su vida en peligro. Le observamos fascinados, hasta que de pronto el hombre empezó a nadar frenéticamente hacia la superficie. ¡Le perseguía un tiburón enorme!

El hombre no pudo escapar. El tiburón le golpeó con la cola dejándolo inconsciente. Yo estaba paralizado del miedo, pero Nemo se adelantó valientemente ¡y le clavó su daga al tiburón! El agua se tiñó de rojo mientras el capitán seguía luchando fieramente con el monstruo, hasta que se acercó Ned y le clavó el arpón en la barriga.

Una vez a salvo de las mandíbulas del tiburón, Nemo acudió a ayudar al nadador. Cortó la soga que sujetaba la piedra y lo llevó a la superficie. Todos ascendimos y nos quedamos en la barca hasta que ellos llegaron.

Nos sorprendió ver al capitán Nemo sacar un saco de perlas de su traje de buzo y ponérselo al nadador en la mano. Era un regalo de un hombre de mar a otro.

Más tarde, cuando pensaba en los sucesos del día, me di cuenta de que el capitán Nemo era más valiente de lo que me imaginaba. A pesar de lo que decía de la sociedad humana, sentía una gran compasión dentro de su corazón.

La isla griega

Durante las siguientes semanas, navegamos por el océano Índico y el Mar Rojo. A mediados de febrero, estábamos en el Mediterráneo, cerca de la isla de Creta.

Cuando salí de América, los habitantes de Creta se habían sublevado contra sus opresores turcos. Me preguntaba cómo les iría, pero supuse que la situación no le interesaría al capitán Nemo. Sin embargo, una vez más, iba a presenciar un raro ejemplo de su compasión por los pobres y los necesitados.

Un día, mientras estudiaba unos peces a través de los paneles de cristal de la sala, ¡vi un hombre nadando! Pensé que sería un marinero de un naufragio que necesitaba ayuda y llamé al capitán Nemo.

—No te preocupes —me aseguró—. Ese es Nicholas Pesca. Todo el mundo le conoce por estas islas.

Para mi sorpresa, los dos hombres intercambiaron señales de manos y el buzo regresó a la superficie.

Entonces Nemo abrió un cofre lleno de lingotes de oro muy valiosos. Tomó algunos lingotes, los puso en una caja fuerte y escribió encima una dirección griega. Esa noche, cuando el *Nautilus* subió a la superficie, oí que alguien desamarraba el bote y se alejaba remando. Dos horas más tarde, el bote regresó y el *Nautilus* volvió a sumergirse entre las olas.

"Ya han entregado la caja fuerte —pensé—, pero ¿a quién?"

El plan de Ned

Continuamos nuestra travesía por el Mediterráneo y yo estudiaba con gran interés las muchas especies de peces que rodeaban al *Nautilus*. Vimos muchas maravillas de la naturaleza y presenciamos la erupción submarina de un volcán. Esto hizo que hiciera mucho calor en el *Nautilus*.

De vez en cuando veíamos restos de naufragios, sobre todo cerca del estrecho de Gibraltar. Por suerte, pasamos el estrecho sin problemas y llegamos al Atlántico.

Una tarde, Ned me dijo que planeaba escaparse antes de que Nemo nos llevara a otro lugar extraño.

—Ahora estamos a tan solo unas millas de las costas españolas —dijo—. Es el momento perfecto para escapar. Esta noche, cuando Nemo esté en su camarote, podemos subir al bote y remar hasta España.

—Estoy contigo, Ned —dije. Dudaba que Nemo nos fuera a tener prisioneros para siempre, pero era demasiado impredecible y probablemente no volveríamos a tener una oportunidad como esa.

—Muy bien —dijo estrechando mi mano—. Después de cenar, ve a la sala de estar y espera mi señal.

Recé en silencio que supiera lo que estaba haciendo.

Un tesoro hundido

Esa noche, mientras esperaba la señal de Ned, el *Nautilus* se detuvo repentinamente. La puerta de la sala se abrió y entró Nemo.

—Ah, Profesor, le estaba buscando —dijo. Supe en ese momento que nuestro plan de escape había fracasado.

Nemo me habló de unos barcos españoles que en 1702 fueron a Cádiz desde las Américas, cargados con tesoros del Nuevo Mundo. Una flota inglesa los atacó y el almirante de la flota española prendió fuego a sus barcos para que el tesoro no cayera en manos enemigas.

—Ahora estamos en el lugar exacto donde se encuentra el tesoro —me dijo Nemo, mirando por la ventana de cristal. Afuera pude ver miembros de la tripulación con sus trajes de buzo vaciando arcas llenas de oro, plata y piedras preciosas—. Así es como me he hecho tan rico —dijo Nemo—. Recupero lo que perdieron otros hombres, en este y otros naufragios de todo el mundo. ¿Sabía que el mar guardaba tantas riquezas, Profesor?

—¿Ese tesoro no pertenece a los españoles? —pregunté—. Se está haciendo rico a sus expensas.

—Estas riquezas no son solo para mí —dijo Nemo—. Las pongo a buen eso. Van a los pobres y a la gente que sufre en el mundo.

De pronto recordé la caja fuerte llena de lingotes de oro que había salido de la embarcación hacia las islas griegas. Ahora entendía lo que había pasado.

El continente perdido

A la noche siguiente, el capitán Nemo me invitó a pasear con él por el fondo del mar. Salimos tarde.

La única luz que se veía era un pequeño brillo rojo en la distancia. Se volvió más brillante al acercarnos y vi que salía de detrás de una inmensa montaña submarina.

Empezamos a subir la montaña por un camino lleno de grandes piedras y ramas enredadas de árboles muertos. Me quedé helado de miedo al ver que acechaban cangrejos gigantescos y langostas. Nemo subía a toda velocidad por el camino empinado y tuve que apurarme para alcanzarlo.

A medida que subíamos, la luz se hacía más intensa. La montaña era en realidad un volcán. Parecía una antorcha gigante, con sus ríos de lava roja y caliente iluminando todo con su brillo rojo y siniestro.

Miré más allá del cráter y me quedé boquiabierto. Allí, por debajo de donde estábamos, yacían los restos de una ciudad antigua, con edificios en ruinas. ¿Dónde estábamos? Me giré hacia Nemo y vi cómo escribía con el dedo una palabra en una roca: ATLANTIS.

Estábamos en el legendario continente perdido que una vez unió a África con América. Un terremoto lo había destruido y enterrado bajo el mar. Intenté retener todos los detalles en mi cabeza porque sabía que nunca más volvería a ver esa maravilla. Era uno de los hombres más afortunados del mundo.

El Polo Sur

No me olvidé de Atlantis, pero durante los días siguientes, Conseil y yo estábamos demasiado ocupados estudiando los peces que nadaban alrededor de la nave. Además de tiburones y rayas, que ya habíamos visto antes, vimos especies con colores brillantes que parecían iluminarse bajo la luz del sol.

Pasaron semanas y continuamos nuestra travesía hacia el sur por el Atlántico. A mediados de marzo, nos encontrábamos cerca de la Antártida y a medida que bajábamos más hacia el sur, empezamos a ver icebergs con rayas brillantes de colores. Algunas eran de color verde claro, otras de un morado muy delicado. Parecían joyas enormes cuando les daba el sol.

Cuando nos acercamos lo suficiente, remamos hasta la costa para estudiar la fauna antártica. Yo estaba especialmente interesado en las focas y las morsas, además de los pingüinos que se apelotonaban en el hielo. Eran muy buenos nadadores, pero fuera del agua los pingüinos eran lentos y patosos.

El capitán Nemo estaba decidido a llegar al Polo Sur y a finales del mes, lo consiguió. Subimos a la cima de un pico desde donde podíamos ver la amplia extensión de hielo a nuestro alrededor. Al mediodía, Nemo leyó sus instrumentos de navegación.

—El Polo Sur —dijo con voz solemne. Después abrió una bandera negra con una N dorada y anunció—: Reclamo esta parte del globo como el nuevo dominio del capitán Nemo.

Detenidos en el hielo

Una vez conseguida su ambición, el capitán Nemo ya estaba listo para salir de la Antártida. Me pregunté qué nuevas sorpresas nos esperaban.

No tuve que esperar mucho. Me despertó un gran impacto. ¿Qué había pasado? Al poco tiempo, el capitán Nemo nos dio las malas noticias.

—Hemos tenido un grave accidente —dijo—. El *Nautilus* ha chocado contra un iceberg y estamos atrapados. Si no salimos en menos de cuarenta y ocho horas moriremos asfixiados por falta de oxígeno.

Ned se ofreció voluntario para romper el hielo.

—Soy tan bueno con el hacha como con el arpón —dijo. Todos lo ayudamos, pero no conseguimos progresar. Era un trabajo agotador y el frío nos impedía permanecer mucho tiempo afuera. En el agua estábamos frescos, pero dentro del *Nautilus* el aire era denso y contaminado. Nos estábamos ahogando. ¡Se nos acababa el tiempo!

Nemo consiguió salvarnos. Mandó hervir agua para derretir el hielo que atrapaba al *Nautilus*. Después llenó de agua las salas de almacenaje para que la nave se hundiera con el peso y rompiera el hielo que

 tenía debajo.

El *Nautilus* salió de su prisión de hielo. Abrimos la escotilla y nos llenamos los pulmones del aire del mar.

Un calamar gigante

Estábamos agradecidos de haber salido con vida y cuando pasamos el cabo de Hornos en dirección al norte, casi nos habíamos olvidado de la aventura de la Antártida.

Una vez más, Ned empezó a decir que teníamos que escapar, pero durante las siguientes semanas estuvimos tan lejos de la tierra que era imposible abandonar la nave.

Hacia finales de abril, cuando llegábamos a las Bahamas, vi un grueso lecho de algas. Sabía que eso significaba que había calamares peligrosos cerca. Muy pronto vi siete por las ventanas del *Nautilus*.

Un momento más tarde, el motor se apagó y nuestra nave dejó de avanzar. Un calamar gigante nos había atrapado entre sus monstruosos tentáculos.

El capitán Nemo llamó a diez de sus hombres para que lo ayudaran. Ned se unió a ellos con su arpón y Conseil y yo agarramos unas hachas.

En cuanto abrieron la escotilla del *Nautilus*, aparecieron dos fuertes tentáculos y uno de ellos atrapó a un hombre. El capitán Nemo salió de la nave y nosotros le seguimos. El calamar lanzaba chorros de tinta negra que nos cegaban y quemaban.

Cuando pudimos ver otra vez, el calamar monstruoso había desaparecido y se había llevado al pobre hombre.

Nemo lloró la pérdida de su hombre durante todo ese día y los siguientes. Una vez más, vi que no era tan frío y que tenía más corazón de lo que aparentaba.

El capitán Nemo estuvo muy apenado durante semanas y apenas salía de su camarote.

Ned ahora hablaba sin parar de nuestra fuga del *Nautilus*. Decidí que debía hablar con Nemo. A lo mejor había cambiado de opinión y nos dejaría ir.

—Ya te lo advertí —dijo enojado—. ¡Cuando alguien se embarca en el *Nautilus* nunca puede desembarcar!

El *Nautilus* se acercaba a la costa de Nueva Inglaterra y, a pesar de las amenazas de Nemo, decidimos escaparnos.

La suerte no estaba de nuestro lado. Un huracán desvió el rumbo de la nave. Nuestras esperanzas de escapar se desvanecieron.

Poco más tarde tuvimos otra desgracia. Mientras navegábamos por el este a través del Atlántico, nos atacó un barco de guerra. No tenía bandera así que no sabíamos de dónde era. Nemo no dudó. Izó su bandera negra y gritó: —Barco de un país maldito, ¡te destruiré!

Nemo hizo descender el *Nautilus* y embistió el casco del barco de guerra. Se oyó una explosión y el barco se hundió con toda la tripulación.

Yo estaba horrorizado por la pérdida de vidas humanas y la crueldad de Nemo. El *Nautilus* estaba a salvo, pero ¿estábamos nosotros a salvo de Nemo? Su furia era aterradora.

La huida final

En el *Nautilus* se respiraba una sensación de fracaso. Una mañana, Ned vino a mi camarote.

—Nos vamos esta noche —susurró—. Estamos a veinte millas de tierra. Tenemos que arriesgarnos.

Yo asentí. Nuestra estancia en el *Nautilus* se había hecho insoportable.

Esa noche, mientras Nemo tocaba el órgano en la sala, salimos a la plataforma.

Se levantó una tormenta y estábamos cerca de un torbellino. Subimos al bote y este se movió peligrosamente. Era una locura salir a la mar en medio de tal tempestad, pero no nos quedaba otra opción.

De pronto, oímos un gran estruendo y el bote se alejó del *Nautilus*. Algo me golpeó en la cabeza y todo se volvió negro.

Me desperté en la cabaña de un pescador en Noruega. Ned y Conseil estaban a mi lado, sanos y salvos.

No tengo ni idea de cómo llegamos allí ni qué pasó con el capitán Nemo y el *Nautilus*. Espero que hayan sobrevivido el torbellino y que sigan explorando los mares en paz. Nemo me hizo un regalo magnífico. En diez meses, recorrí 20,000 leguas, exploré un mundo submarino y vi maravillas inimaginables.

A lo mejor nadie creerá mi historia, pero es cierta. Hay un pasaje de la Biblia que dice: "¿Quién pudo sondear jamás las profundidades del abismo?". Solo dos hombres: el capitán Nemo y yo.

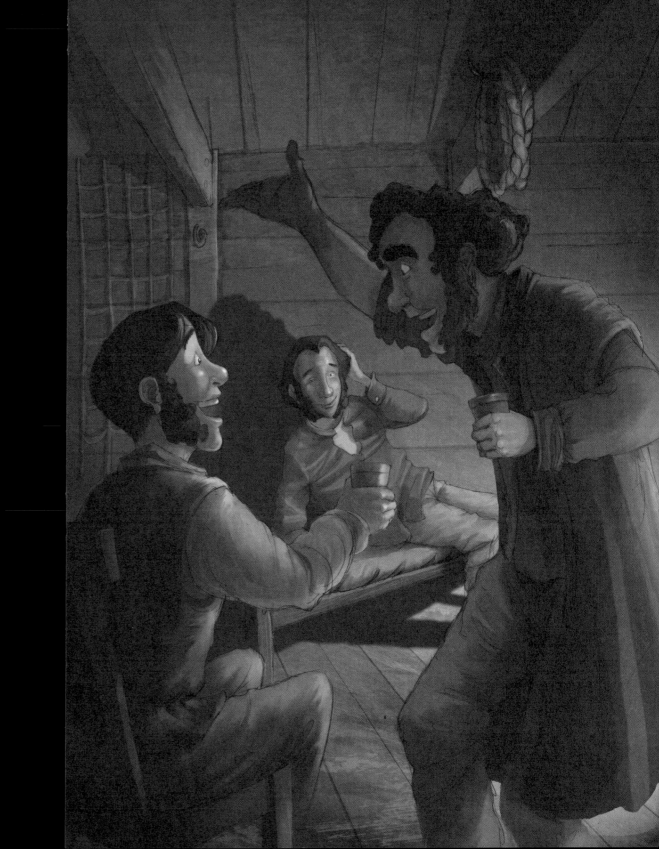

Acerca del autor

TOM SAWER

El verdadero nombre de Mark Twain era Samuel L. Clemens. Nació en Missouri en 1835. De joven manejaba barcos grandes y barcazas por el río Misisipí. Más adelante fue periodista y escritor. Su seudónimo viene de la expresión marinera "Mark Twain" que quiere decir "marca número dos", lo que significaba que el agua era lo suficientemente profunda para que un barco pudiera pasar. Viajó mucho por Estados Unidos y Europa. Escribió muchas historias y relatos sobre sus viajes, pero sus recuerdos de la infancia a orillas del río Misisipí fueron la base de sus obras más famosas: *Las aventuras de Tom Sawyer*, publicada en 1987, y la segunda parte, *Las aventuras de Huckleberry Finn*. Murió en 1907, a los 74 años de edad.

LA ISLA DEL TESORO

Robert Louis Stevenson nació en Escocia en 1850. Su familia era famosa por sus diseños y construcción de faros. Robert empezó a estudiar ingeniería en la Universidad de Edimburgo para seguir los pasos de su familia, pero después decidió dedicar su vida a escribir y viajar. Durante sus viajes visitó Francia, Bélgica, Nueva York y California. Su amor por el mar y las aventuras le llevó a un viaje de tres años por el Pacífico, donde visitó Hawái, Tahití, Nueva Zelanda y las islas Samoa. Por fin se asentó en las islas Samoa, donde pasó el resto de su vida. Murió en 1894 y lo enterraron en un lugar con vistas a su querido océano.

ROBINSON CRUSOE

Daniel Defoe se piensa que nació en Londres en 1660. Hijo de carnicero, de niño presenció la peste negra de 1665 y el Gran Incendio de Londres en 1666. Sirvió en el ejército y también fue agente secreto del Rey. Escribió panfletos sobre todo tipo de temas. Recibió un escarmiento público y fue a prisión por algunas de las cosas que escribió. También fundó dos periódicos y escribió muchos libros, incluyendo algunas de las primeras novelas que se han escrito en inglés. Murió en 1731, a los 71 años de edad. *Robinson Crusoe* se basa en la experiencia real de un navegante llamado Alexander Selkirk que vivió en una isla desierta durante cinco años, de 1704 a 1709.

20,000 LEGUAS DE VIAJE SUBMARINO

Julio Gabriel Verne nació en Francia en 1828. De niño, fue a un colegio interno y estaba muy interesado en los viajes y la exploración. A su familia rica no le gustaba que Julio dedicara tanto tiempo a escribir historias y reprobara sus asignaturas. En 1863, fue a Paris a estudiar y allí conoció a otros escritores de gran influencia y a su futuro editor. Además de *20,000 leguas de viaje submarino*, su novela más famosa, escribió *Viaje al centro de la Tierra* y *Viaje alrededor del mundo en ochenta días*. Fue un precursor del género de ciencia ficción y escribió sobre viajes por el fondo del mar y por el aire antes de que se inventaran. Julio Verne murió en marzo de 1905 a los 77 años de edad.